Q *Ingshanwumei*
青山妩媚

□ 朱槿 著

广东旅游出版社
GUANGDONG TRAVEL AND TOURISM PRESS
中国·广州

图书在版编目（ＣＩＰ）数据

青山妩媚 / 朱槿著. — 广州 ：广东旅游出版社，2015.4
ISBN 978-7-5570-0016-5

Ⅰ．①青… Ⅱ．①朱… Ⅲ．①散文集－中国－当代Ⅳ．① I267

中国版本图书馆 CIP 数据核字（2015）第 028382 号

出 版 人：刘志松
责任编辑：陈晓芬
封面设计：刘红刚
内文设计：蔺 辉
责任技编：刘振华
责任校对：李瑞苑

广东旅游出版社出版发行
（广州市天河区五山路483号华南农业大学公共管理学院14号楼3楼 邮编：510642）
联系电话：020-87348243
印 刷：深圳市希望印务有限公司
（深圳市坂田吉华路505号 大丹工业园二楼）
开 本：965毫米×1280毫米 1/32
印 张：7.5
字 数：190千字
版 次：2015年4月第1版
印 次：2015年4月第1次印刷
印 数：1-3000册
定 价：39.80元

目 录

QINGSHANWUMEI 青山妩媚

PART **1**

时光真是个奇妙的魔术师，它带走过从小到大那么多的泪水和痛苦，烦恼与迷惘，还有冲突与争执，甚至仇恨与敌对，也带走了多年前以为放不下的牵挂，和近乎绝望的挣扎。

Nihewo 你和我

我和我的同事

仪器

去年秋天的时候，我对 Yantao 说："你以后要是有了 500 万元的经费，你又用不完的话，要记得给 Li Bingshi 买一台 AFM，给 Yuan Wenxiang 买一台测电容的仪器。"

Yantao 吓坏了，羞怯地说："你从哪儿看出来我还能拿到 500 万元的经费？"

我说："那你五年前有想到过能拿到近 100 万元的经费吗？你现在不就已经拿了近 100 万元的经费了吗？"

Yantao 很纯真地点头说好。

这时候 Yu 老师说："你说的这样的人，全世界都没有。"

谁说没有？我记得看过报道，美国哪个科学家，为了让同事留在学校，他把自己的研究方向都改了呢。

一晃就到了 2013 年。"孔雀计划"开始实施。吴老师申请到了"孔雀计划"，有将近 500 万元的经费。只是"孔雀计划"的钱要一年内花完，并且绝大部分钱只能用于买仪器。吴老师一时用不完，就问同事有什么要买的，还问我有什么要报销的，就用这笔钱来报销。

我由衷赞叹他真是好人。天秤座的吴老师说："这钱生不带来，死不带走的，谁花不是花。"

这就是 Yu 老师所说的"全世界都没有的"例子啦！见证奇迹的时刻到来了！

谈判

同事老罗性格比较淡定，笑起来颇有些像奥巴马。所以，我经常称呼他为"奥巴马"，他听了会笑成一朵花。

"奥巴马"担任了学院教授委员会的职务，在有些事务上他是有发言权的。有时说到什么事情，我就开始跟他谈判："'奥巴马'，你还想不想要我们手里的选票？"

Haitao听了嘻嘻地笑："你威胁老罗！"

这哪里是威胁，这分明是谈判嘛。

拍桌子

我们几个山友在聊天。才哥在批评张玉脾气不好。张玉说："我有时候会拍桌子的。"才哥就说："这很不好。拍桌子已经是很过分的行为。"

听得我有点汗颜。作为一个"侠女"，我经常跟同事拍桌子的。拍桌子应该不算什么吧，拍一次桌子就是一个惊叹号，拍几次桌子就是好几个惊叹号吧？

自由

Haitao说："你看你多好啊，想怎么说就怎么说，大家都这么包容你。"

我没好气地说："这可是我这些年拼命工作换来的。"

Haitao说："那是。"

我才不要去公司工作呢，在高校里面有自由，这多好。

令狐冲

我一直特别喜欢令狐冲！这件事情几乎全学院的老师都知道。但是似他这般有才干，又幽默，还开朗、洒脱，并且重情意，还痴情……那太难有了，同事们这么说。

我也挺感慨：令狐冲是千年不遇的，比白蛇还难遇到。

"你就是遇得到白蛇，你都遇不到令狐冲！"同事说。

真是太悲观了！

老姜

Pang 老师教我怎么把湿的拖把拧干："把拖把顶在墙角来拧，就可以拧得很干。"我后来就学着这么在墙角拧拖把。可是这样就会有水流出来，把地板弄湿了。Pang 老师看了就笑："你在水池的墙角拧拖把，不就不会把地板弄湿了吗？"

我说："哦！"

过了一会我说："姜还是老的辣！"

星星们老影响我

我说："紫微斗数分析说，我三十到四十岁的时候性格就是这么大胆豪迈，讲话毫不客气。好像准吧？"

Pang 老师点头说："准。"

我接着说："这个分析说我四十到五十岁之后性格又变了，变得外表安静含蓄，内心温暖开朗，爱帮助人，所以人缘很好，桃花也多！"

Pang 老师期待地问："那你还有几年到四十岁？"

我和马老师听了都哈哈地笑。

Pang 老师说："你现在就变成那样的性格吧。"

我说："可是星星们老影响我！"

Pang 老师说："星星们……你就别管星星，你努力变成那样（温暖开朗）的性格。我们喜欢那样的你。"

我说："哦！"

头条

我问起老罗在高交会上跟公司商谈合作的事情。他说："没有合作过。"

我说："怎么没有！我都看到学校主页上有报道的，说化学学院的Luo Zhongkuan 和公司签订合同……都上头条了！"

喜羊羊和暖羊羊

我们办公室朝南，光线比较好。外面是一片竹林，竹林过去就是文山湖。站在窗口旁能看到湖水。我经常说我们这是湖景房。

冬天的时候我们这里有好大的太阳照进来，很温暖！老罗有时候过来聊天，就盛赞我们这里暖洋洋的。

我就说："我们这里不只有个喜羊羊，还有个暖羊羊！"

羽毛球场

调色板，我的师弟师妹

母亲

他忽然放下筷子，低低地说："我有时候想我现在吃的东西，我妈从来都没吃过。"

肖师弟的母亲去世已经两年了。

谁想我

贝贝师妹的喷嚏惹人遐思——

"一个是有人骂你，两个是有人想你。你招谁啦？人家骂你呢。"

"骂我想我的，只可能是我爸我妈。"

"呀！那可不一定。说不定，是，是，是……"

"我只在乎我爸我妈。别人想不想我，我都不管。"

贝贝慢慢地说："我妈现在上年纪了，特别想我们。想着我们在外面的孩子。"

妈妈，我也想你。

带着种子上路

"师姐，你去鬼佬那里，那么多的薪水……用得完吗？"

"师弟呀！鬼佬那里的东西有多贵呀！一个苹果就 100 块呢！一棵大葱还 80 块呢！"

"啊？！师姐你带包种子去吧！自己种。"

……

缓期两天执行

面前是一个威严的佛。不是释迦牟尼那样的法相端严，更像金刚、广目天王那样的，虎着脸的老板。

"上半年因为 SARS（传染性非典型肺炎），我们的工作受到了不少影响，下半年我们要努力补回来。原来的 seminar（研讨会）是一个月一次，改为三个礼拜一次。这个月 23 号工作汇报。同学们请抓紧。"

咦，23 号来了呀。老板呢？

"23 号老板去云南，两天后回来，25 号工作汇报。"

"呀。"

贾博士无限冷峻地吐出一句："缓期两天执行。"

赵博士的诗

某一天经过赵师弟的书桌，瞧见了一张白净的纸，上面写满词组。他在练字，写得不错。他的师姐，就是不才在下，一时高兴，拿起来细细打量一番，经过一番排列组合，整理出一首赵博士的诗来。各位看官凑合着看看吧。

实验有所思

高温反应

这盖世的孤独

盖世的寂寞

等待

那花仙子

孟姜女

为什么

忙忙碌碌　　要竞争

贾博士　你我之间

注定有一个　要退出

输了的

就去研究

疯牛病

口蹄疫

光折射

有机纳晶

另一个　就去打球

看小王师妹打羽毛球

老兵　太阳正红

累了　该歇歇啦

越南玫瑰

奚师妹喜欢粉粉的缀有无穷小彩花的小可爱毛衣。是名牌，需要很多银子。可惜，总被我错疑成五道口批发市场里卖米粉的小妹的行头。

"我就是要这样的效果，走太妹路线！知道越南玫瑰吗？"

她的土包包师姐很老实地摇头说："不知道。"

"是张学友和张柏芝演的电影，里面张柏芝是个黑道儿上的大姐大，罩着学友，一脚踏在桌子上，'阿姐我越南玫瑰……'。"

"啊！玫瑰姐姐，从此你就罩着我吧。"

川妹子

终于下定决心买下喜欢很久的一件红英的棉服：黑条绒，黄铜扣儿，窄腰短襟长袖大翻领，尤其喜欢那个大大的翻领，总觉得很有公主的气势——

店里的小姐在一边夸奖："像小公主呢！"

记得当时年纪小

"你不觉得很像白雪公主她后妈吗？"奚姐姐在一旁狠蹙双眉，煞尽风景。"或者像电影里的巫婆。对，《哈利·波特》里的女巫。"

回去的路上，这个川妹子一路叮嘱："回实验室你千万别说这件衣服是我陪你买的啊。"

可爱贝贝

上回我写了师妹贝贝，回头就告诉她了。贝贝盯着我的眼睛问："师姐你把我写得可爱不？"

"……好像可爱吧！"

"那写了什么缺点没有？"

"缺点好像没有，但把你写得很有特点。有个姐姐看了要我继续写。"

贝贝一本正经地说："那就需要师姐用心体会，仔细了解我了。"

付出不总有回报

师妹王静特瘦，和霍尔金娜有一比。她偏偏特别爱吃肉，是那种一顿没有肉就简直活不下去（王静自己说的）。贾博士不动声色瞅她一眼："王静，你对得起你吃的那些肉吗？"众皆绝倒。

意外之喜

昨天看手相的时候，田师弟遮掩不住满面喜色，他说我的手纹有几处分叉，可以结好几次婚！这可把我乐坏了呀！——也就他媳妇儿不在，猴子敢称大王。

伤心的屠夫

SARS 肆虐，闹得人不能随便出门儿吃东西，我只好自己下厨——炖了两锅排骨。炖得多了些，只好分多次才吃得完。结果给大家造成了顿顿排骨、无肉不饭的印象。后来说起毕业的事情，老田师弟一脸严肃："你要是走了，那卖排骨的还不得伤心死！"

青春

天真纯洁快乐美好

老老师

"至于韦德——也许瑞德的看法是对的。也许他真的怕她。这真有点奇怪，而且伤了她的自尊心。怎么她的亲生儿子，她的唯一的男孩，竟会这样怕她呢？有时她试着逗引他来谈话，他也只用查尔斯那样柔和的褐色眼睛盯着她，同时很难为情地挪动着两只小脚，显得十分不自在。要是他跟媚兰在一起时，却滔滔不绝地说个不停，并且把口袋里的一切，从钓鱼用的虫子到破旧的钓鱼线，都掏出来给她看了。

"媚兰对小家伙们很有办法。那是用不着你去证明的。她自己的小博就是亚特兰大最有规矩最可爱的孩子。思嘉跟他相处得比跟自己的孩子还要好，因为小博对于大人们的关心没有什么神经过敏的地方，每次看见她都会自动爬到她膝头上来。他长得多漂亮啊，跟艾希礼一模一样！要是韦德像小博那样就好了。"

这是《飘》里面的话。眼前这孩子没有自动爬上膝头，倒是爬到我旁边的凳子上，从我手里拿过听课记录，哗啦啦翻了翻，孩子气地问我："这是什么？"我笑着答："我的听课记录。"

这是在深圳南山二外四年级的教室里，课堂上要讲课的实习老师是我们学校大四的学生。我是指导老师，要来听他们讲课。我却先被这些孩子们吸引住了。天真的脸，自然放出来的笑容，看见我就会纯真地说"老师好"，虽然从来没见过我。这些孩子没有冷漠，没有戒备，没有惊惧，有的是心中装着这么多的、毫无遮拦的、香香甜甜的、浓浓的爱。

还有这么多的孩子气——我坐在教室后面，准备听课，后排的小男孩扭过头来，活泼地问："你是我们老师的老师，那就是老老师了吧？"这孩子怎么想出来的"老老师"这个词？我暖暖地笑起来。

Be kind and excellent

这是个很新的学校，外墙刷一段青草一样的新绿，隔一段水泥的自然灰，再刷一段太阳的暖黄色，给人一种很温暖、舒服的感觉。

校门口有行大字：对人以诚，待事以精。

有的教室将其翻译成英文贴出来：Be kind and excellent。

教学生"Be kind"，教他们爱别人，这样的学校，在如今这样的社会，特别令我感动。楼群间还挂了条横幅：Imagination is more important than knowledge。这是爱因斯坦的话，他强调学校教育不该只教死板的知识或概念，而应当鼓励学生去创新和独立思考。而孩子们的反应也令人开心：我在教室里看到了学生自己画的漫画，画上贴了这么几行字：

你今天提问了吗？

你今天回答了吗？

Are you happy today?

在这样的氛围中怎么能不开心呢！看看墙上贴的一幅画：程菲拿了奥运金牌之后吻她的教练，画上写着"感恩 Giving thanks"。课间时候，老师和孩子一起踢毽子，孩子们一个一个都是快乐的宝宝，三三两两，打打闹闹，一起跳绳一起游戏……多么欢快纯真的生活！

我的学生佩乔在这里实习。她也很喜欢这里："感觉这里就是天堂，觉得他们天天都生活在充满爱的世界里。"是啊，这么多的爱，成人世界里少有这么真的爱。

佩乔的课

　　佩乔开始上课了，上的是地理课，讲天上的星座。她要大家自己去查关于星座的故事，并且到台上来讲。孩子们很踊跃地举手。一个男孩子上去讲了双子座的传说：

　　在遥远的希腊古国，有一个美丽动人的传说。温柔贤惠的丽达王妃有一对非常可爱的儿子，他们不是双生，却长得一模一样，而且两兄弟的感情特别深厚。但是哥哥是神，拥有永恒的生命，任何人都伤害不了他。弟弟却是凡人，他的生命是有限的。

　　有一天勇士们因为争功而起了内乱，打了起来，场面一发不可收拾。两位王子立即赶去阻止，但是没有人肯先停手。就在混战之中，有人拿长矛刺向哥哥，弟弟为了保护哥哥，奋勇扑上，挡在哥哥的身前。结果，弟弟被杀死，哥哥痛不欲生。其实哥哥有永恒的生命又怎么会被杀死呢？只怪不知情的弟弟太爱他的哥哥了。

　　哥哥为此回到天上，请求宙斯让弟弟起死回生。宙斯皱了皱眉头，说道："唯一的办法是把你的生命力分一半给他，这样，他会活过来，而你也将成为一个凡人，随时都会死。"哥哥毫不犹豫地答应了。他说，弟弟可以为了哥哥死，哥哥为什么不能为了弟弟死呢？宙斯听了非常感动，以兄弟俩的名义创造了一个星座，命名为双子座。

　　孩子讲完之后，佩乔说："这个故事告诉我们，要学会去爱别人，对不对？"孩子们齐声回答："对！"又有个孩子讲了水瓶座的故事，佩乔又说："这个故事告诉我们，我们要有善心，要善待别人，对不对？"孩子们又答："对！"
　　我在台下听得很开心。佩乔是我最欣赏最喜欢的学生之一，她在地理课上教孩子们友善待人、关爱别人，真好。

就做一个小孩子吧

还是要回到成人世界中去的。心中颇有点不愿，似乎是要去投奔怒海，委屈而又悲愤——怪怪曾经这么形容过。幸好还可以和山友一起爬山。周六的时候，我就和"05"大哥他们一起去了东冲。二十多个人，我就像个孩子，不管认识的不认识的，都高高兴兴地和大家说话。吃饭的时候，自动跑过去跟他们要好吃的，也不管认识或者不认识他们。他们也很高兴与我分享："蓝色"的炒粉，"杨青"的辣椒，"太保"的河粉，"沉沉"的炒饭……好香！我跟他们分了包子和荷叶鸡。就做一回小孩吧！是天地的小孩，大自然的小孩，幸福的小孩。

我们几个幸福的、自然的小孩今天又在一起玩了。在昏鸦家，我抱起了他的小宝宝，一顿狂亲。小宝宝被养得胖胖的，小脸像个圆面包，真是可爱极了！

这胖娃娃的爸爸也是个儿童，曾经和我吵过架，被我一路追打，生气的时候几乎差点断交。不过今天只记得高高兴兴地玩。这么纯粹而又结实的快乐。大概做小孩总是容易快乐起来的吧！

时光真是个奇妙的魔术师，它带走过从小到大那么多的泪水和痛苦，烦恼与迷惘，还有冲突与争执，甚至仇恨与敌对，也带走了多年前以为放不下的牵挂，和近乎绝望的挣扎。而今看来它带不走而留下的，却是渴时递来的茶，难时伸出的手，它带不走往昔的岁月中曾有的真挚与美好，今日这些温暖如此令人眷恋。

这些美好，我也一点都不想让时光带走。我曾一度在心中思量着：假如几年之后，我压根儿都想不起来，今天曾和谁闹过这些别扭，那么我今天为什么要恨TA，而不是去爱TA？我为什么要浪费时间在这些琐碎的、注定会被遗忘，不会给记忆留下财富的小事上？

就去做一个小孩吧，在可以的时候。这么多的天真、纯洁、快乐、美好。

萌

蓝墨水

是怎么突然就说起了他的？想不起来了。

只记得自己笑嘻嘻地说："嗳，我上高中的时候，用钢笔写字，那笔出水不好，我就老爱那么甩呀甩。正好隔了过道，邻桌坐了个男孩，就经常甩到他的裤子上。他又爱穿白裤子，结果总是被墨水甩成斑斑点点的。"

"哈，他要气坏了吧？"

"他总是笑着说我又把墨水甩到他的裤子上了——要我给他洗。我……我当然不给他洗了。"

"啊，这么懒啊！"

"不是……哪好意思啊！我是女生，他是男生，一个女生给一个男生洗裤子，我可不干。"

是的，那个时候，学校管得极严——都不曾把一个男生和一个女生放在一起做同桌。我不过是个经常爱板着脸的小小铁娘子，处处要强。记得这个男生的名字叫郭中朝，他总是敦厚可亲地笑着，对大家都很和善。他的数学很好，我的英语是强项，隔了过道，我们经常互相讨论问题。可是，洗衣服这样的事是无论如何我也不能应允的。也没什么特殊的原因，谁让他是个男生呢！

"小封建啊！看来你的矜持由来已久，嘿嘿。"

当时，是白纸一样无知的心思，也就固执地坚持男女有别。所以墨水可以甩到人家的裤子上，可是谁都不会要求我来洗，也不必为此负责。

"两小无猜啊……后来呢？这个男生怎样了？"

"后来我来北京上大学了。他考到上海铁道医学院，学的是临床医学专业，很不错的呢。"

"还有联系吗？"

"没有。高中毕业以后我们就没有再联系过——信没有，贺卡什么的都没有。其实，"忽然想起来了，高中毕业以后，我们也就没多少时间可以互相联系了。

"上大二的时候他就去世了。"

"啊！"

"是脑瘤。从学校休学回家没多久就死了……"

"唉……他家人一定伤心极了，好不容易考上大学又学了不错的专业……"

"是啊，是从农村里考出来的，很不容易。当时得知这个消息的时候我也很震惊，简直不敢相信。"

"是挺让人吃惊的……"

"当时放寒假在家，一个高中男生来找我玩，我们俩聊着聊着他就忽然说起郭中朝去世了，我大吃一惊，好久都不能平静。他就文绉绉地说：'以后再不能见他了。只有清明的时候去给他扫扫墓了。'其实他家在农村，哪里会给他立什么墓碑呢，不过是荒草一堆罢了。"

"啊……荒草一堆……"

"是啊！所以我这个同学这么文雅地说了这些话，我妈越发反感起来了。等他走了以后还把我说了一顿。"

"哈哈，可怜的小男生！哎，你妈说什么不重要，关键是你。"

"我呀……"

……

关于他的回忆也就这样结束了。下面的话题不过是些风花雪月罢了，照例是都市人把无聊当有趣的一种闲谈。这闲谈却也并不是全都无趣的，如果不是闲谈，又哪有机会让我想起他呢？恍然中仿佛已经有很久不曾记起他了。大约是去年过年回家，高中同学聚会的时候，照旧提起郭中朝，大家又照旧一声叹息——那叹息如此的短，很快就被咕嘟嘟沸腾着的火锅淹没了。过年的气象依然是热烈的，怀旧是不合时宜的也不能长久，远不如眼前这火锅来得实际。

而，对逝者的一缕怀念，自然地飘过生者的欢笑，几乎不留痕迹。

这世上有什么记忆是长久的呢？十几岁时的少年，单纯得有些平淡的友谊，该是最值得怀念也最值得铭记的吧？可是，你看看我，如果不是想到自己曾把蓝墨水甩在人家的白裤子上，是怎么也想不起这么一段友情的。也许大概那时根本不想这友谊有一天要珍藏的。即使是因此想到了，也不过如此，谈笑风生中略略提及他的早逝也就罢了，淡漠得近于冷酷无情。一个生命的消失不过是汪洋中坠入一粒沙子，当时会冒出一点泡泡，久了就再也没有什么反响了，只剩下那粒沙子孤寂地无声地躺在遥不可及的海底。

可爱的、温厚的、爱笑的郭中朝，我的高中同学，也就这样安静地长眠在他的家乡，那个著名的出产大理石的地方。而他的墓地，不消多讲，是不会用哪怕一块大理石来做装饰的。他高中三年的同学，邻座的我，对他的记忆却只是那蓝墨水甩在他的白裤子上——生命何其微弱，也只仿佛这么轻轻一点罢了。

将进酒

十五的月亮我忘了看了；十六的月亮又白又圆；十七的月亮扁扁的，黄铜色，嵌在蓝色的天幕上。

看，今天的月亮就不圆了。我指着天穹跟你们说。可是好看，我就是喜欢这样的黄月亮。你们看了没有啊？还在那里一边走一边话着家常。王洋和师长，你们两个，我九年没有见过了，师长还是脆豆一样，王洋越发儒雅了，说话还是像我们的团支书——我说，大家都笑了。好啦，找个茶馆，一通好聊就是啦。

可是这条高粱斜街，布满了食店，满眼的火锅与姜母鸭，饺子和苏氏面，怎么都不见一家茶馆。早知道就不那么急着从三千里出来了，这会子急急慌慌，赶上三千里，也不见一家落脚的店。

那就走走吧，北京的夜街，活泼泼地，影影绰绰地，微微笑着。

路灯忽暗忽明，说话也有一搭没一搭。明明是十二年前就认识，从小到大，知根知底的，这会儿说话反透着清冷。九年的时光是怎么跑掉的，谁承想会在这里重逢？光阴头也不回地飞去，真实而又虚无，心底里半山半水，半暖半冷。去钱柜唱歌吧，老虎提议。可是朋飞踌躇着要回他的什刹海，小蒋懒懒的，不想走。你们呀，去喝茶吧，我投两票喝茶。我就是想去喝茶。这么多年了我还是这么喜欢一条道走到黑。反正我比你们都小，十二年来，让也让惯了，就再让我赖皮一次吧。

于是九曲十八弯地找到了一家茶馆，进得来喝茶，小资的帽子又递了给我。好呀，你们五个土包，喝茶都是小资了。瑞芳也叫我小资，大约是笑我一天到晚像是在月亮上走路，糊涂得不知头重脚轻。她现在在房山封闭培训，今天喝不了茶啦。要是她在，不知道该多么热闹呢。高中的时候她就是我们的开心果。哈，那时候我们都有过那么多的笑话。不要笑了，你们都看我，看得我心里慌张，知道你们要说我高中的时候好强得像邓亚萍，别说了，再说下去我要羞死了。说你们好了。说说老虎。老虎的妈妈说你从小脾气就这么好，小时候就是胖胖的，整天坐着不吭声，你妹妹老欺负你，对你又掐又踢又咬的，你都不理她。后来老虎长大了，还是这么可爱，而且能干，软件学得精熟，烹饪手艺盖过我们全班。2000年的秋天，咱们几个同学在宿舍包饺子，那天老虎"乒乒乓乓"地剁着饺子馅儿，韵律娴熟得像是妈妈在厨房做饭——我和瑞芳都这么说。别笑别笑。朋飞你就没给我们露过一手。还说呢，刚才在三千里烧烤，你非要跟我分一个扎啤，我就促狭得叫你许姐姐，你还是那么文雅宽厚，不跟我计较。我就知道你和先前一样，那个十四五岁的文弱少年，站在讲台上，认真地说，我的目标就是要考上清华大学。嗯，想着想着就又想起了远远的内乡高中，清凌凌的桂花香，一棵黄，一棵红，图书馆的"工"字厅前满院清幽……

王洋你总这么斯文，温和地听我们每个人说话，看着我们这么叽叽喳喳，也不见你烦。一会儿跟我说可别再瘦了，再瘦下去就是病梅一棵了，说得大家都笑。小蒋，很少跟你说话，可是心里一直非常感谢，感谢你大学里帮我买自行车，老远地从西单骑到清华，我又不在，你把车放下，人就走了。常盈来北京找我玩，我拉你一起去动物园，你一直陪着我们逛，瘦瘦的你温厚得像一个兄长——那么遥远的回忆，这么的清晰逼人。那些质朴的友人，那些青涩失落的岁月，那些始终找不到安全感的漫长时光……这些年来一路泥泞一路风雨，所见或许清浅，或许深浊，天空的底色总是这么或淡或浓的蓝，时光就这么辗转而过，不停地刷啊刷，曾经的粉紫烂漫就这样一点点一片片地沉下去，沉下去，伸手也不可及。我们拼尽全力试图抓住现在，在前和后的夹缝中寻找着现时美好的永恒，却眼睁睁地看着未来迅速变成过去。佛能看到遥远天际，可是佛却管束不了过去，那些总是奔涌而来的过去，背叛着时间冲撞现在以及未来，继而又背叛着我们扬长而去的过去，只留下脆弱的我们在虚实交错里被伤感吞噬，被泪水淹没。

而，或许生活就是这么一条螺线，从中心起始，一旋又一旋地旋出去，旋出去……终究会旋到哪里去呢？是不是真的就这么永远回不去了呢？

回去的路璀璨宜人。一盏一盏犹如眼睛一样亮晶晶的灯，一闪一闪飞到身后去，闪烁纷繁，白颐路原来这么好看。很快就到了蓝旗营，我下了车。小蒋和师长继续前行，车子开过微冷的秋夜——再见啦！再见又会是什么时候，在什么站点？我奔回小屋，慢慢温暖。微阑的夜，有轻白的尘雾从窗前飘过走了，细碎的风从树上拂过走了，飞驰的车从街上驶过走了。关上窗，市声远去，虫声渐起，深中它的埋伏。不知不觉睡去，醒来，外面已是光亮亮，灰蓝淡白的秋天。想念秋日里的植物园，走之前，我想和你们再去一次植物园，和那向往已久的黄叶酒馆，似这般姹紫嫣红，都交予黄叶酒馆，丝竹之声里微嗅菊兰，把酒临风，畅饮一天。

大风起兮云飞扬

蓝

是什么时候开始喜欢这一片蓝的？

你问自己。眼前便是一幅滂沱大雨的景致了：那是开学的第一周，星期四的下午，作文课。你写不出作文来，却只是看着外面的雨不停地哭。十岁的你，是怎么稀里糊涂地来上初中，真是非你所愿，你宁可再读一个五年级。

从此你的寄宿生活漫长而又悲伤。你想家，外面大雨倾盆，里面你泪落如瀑。透过窗玻璃上的小洞，外面分明有个蓝衣妇人，手里拿着一把伞，在等着给小孩子。你却越看越觉得像自己的母亲。你还小，远没有学会控制住自己的眼泪。

那一年便总是非常忧伤。这忧伤又似乎实在没有道理。你从来不为学业发愁，按理应该眉开眼笑才对，因为几乎所有的老师都喜欢你。可是实在不能明白，为什么每次父母送你去学校，你都觉得像是在忍受着巨大的悲痛。这种悲痛如此的深重，以至于你在心里对自己说：如果不好好学习，真的对不起父母。小小年纪的你为何会有这样的想法，至今都让你觉得无法理喻。而你也吃惊地发现，初一那年是你学生生涯中最用功的一年。

只是你清楚明白地看到，你的世界从此多了一层雨的底色，微微的有点蓝，飘着些绿，是雨里的树叶。

那时候的家乡和现在比，并不曾有很大的不同。晴朗的天总是瓦蓝瓦蓝的，浮着些白云。学校周围就是麦田，总能听到有人拔了麦苗当哨吹，你似乎也会。

懵懂的你到了十三岁，却开始异常的叛逆起来。报考师范对当时的农村学生来说是最好的一条出路。可你不听，并开始和父母顶撞。

你的父母并不是不通情达理的人。父亲是老师，斯文，有才气，耿直，又冷傲。你从小很怕父亲，可是长大后，却学着跟他顶嘴。很多年以后，你再见到恃才傲物的人，依旧是怯，然后熟了却又要跟人家吵架。想来想去你才明白，原来从小你就是这么习惯了父亲的。

母亲年轻时候是打篮球的，十三岁时就长到了一米七零，那么她应该是个好苗子吧。后来她到底还是回到了老家，然后遇到父亲……听说他们是自由恋爱，听说父亲曾说"非玉莲不娶"。你很想知道当年的他们是怎样的一段故事，却从来没有这样的契机让你去弄明白。在你开始想要明白这一切的时候，母亲已是一个胖胖的中年妇人了，终日忙碌，十分好强。你至今都能记得母亲看到父亲的时候，眼睛里的亮光。那么，他们很有感情？可是，他们更多的是吵架。父亲只有他的工资，要维持一家人的生活，全靠母亲省吃俭用，精打细算。"贫贱夫妻百事哀"，你很早就明白了这句话的意思。

那么他们反对你放弃师范也是情理之中的一件事情了。然而，十三岁的你却不听父母的话。那时候，你是个多么任性的孩子。

一转眼就进入高中校园的生活。你很喜欢这个新环境，喜欢图书馆门前那株巨大的桂花树，秋天里香得醉人，喜欢甬路旁边不知名的花，开得热闹滑稽。十年之后，你才想起来，原来这就是鬼脸花。你喜欢仙味十足的松柏，喜欢灵气逼人的兰草。你喜欢看蓝天下一大丛一大丛洁白的夹竹桃，很耀眼，你忍不住想去碰一碰。你甚至看到了合欢，小小的绿树开着粉红的花，美丽得像天边的云霞，你总是觉得那里面藏着一个瑰丽的梦。

你比初中时候用功些，也听话些。你当然也知道，你的父母更加辛苦了。

你的忧郁，一如你的父亲；而所幸，你的身上还流有母亲的血，绝对的乐观开朗。你从此无奈地发现，你的世界总是一半是火焰，一半是海水。

你每个月回家一次。班车开进山区，公路开始陡峭起来，甚至有些颠簸。十四岁的你想：再也不回学校该有多好，你受够了学业的压力。你的世界黯淡一片，没有流光。你的书依然读得很好，甚至有不少时间用来看各种杂书。你看伤痕文学，看三毛的作品，看斯好的书，却从没看琼瑶的书。

你慢慢地和父亲越来越好。你甚至觉得父亲总有那么些不该有的贵族情趣。爷爷的爷爷是个地主，抽鸦片把家业败落得一干二净。等到爷爷长大的时候，家里就只剩下些薄田了。"不过我记得当时家里还有几十棵桃树，就在现在你大伯家的院子里。晚上吃完饭，有月亮的时候，我就坐在树上吹笛子……"你听着听着觉得有些恍惚。二十年前，年轻文雅的父亲，在蔚蓝的旷野上兀自吹笛。你跟着父亲，喜欢文学，喜欢《红楼梦》。你看完一遍后说：宝钗多好呀！真是一点都不喜欢黛玉。

你终于来到梦寐以求的学府。父亲送你来的，可是还来不及安顿好，他就匆匆撇下你走了。你站在满园子的金黄里，看着父亲不回头地走远，走到蓝色的天边。一个男生走过来问你：知道打开水的地方在哪里吗？你好久才反应过来，说不知道。那个人一定很奇怪，这个女生是怎么了。

北京的秋风，比家乡凉透些，忽地吹过，眼泪就没了。

你从此要一个人在这个陌生的城市里打拼了。

你很喜欢这里的秋天，湛蓝湛蓝的天，不夹一丝的云彩。蓝天下一排一排金色的银杏树，每次你走起来都仿佛是在穿越金色的时光隧道。

中学里优秀的你到了这里却是普普通通的一员。除学习，你又多了许多和你的年龄不相称的压力。

你曾经以为你的生活永远这么黯淡无光了。

你很想独立，于是你做家教。一共做过多少？是 11 家还是 17 家？已经记不清楚。

你是这么的小和弱，好像永远强大不了。你会有见到光明的那一天吗？你很想放逐自己，想着毕业后去西北，似乎那茫茫的草原，戈壁，雪山，能给你梦想安宁和平静。真的能吗？你不知道。

日子总是这么长，天光总是这么暗。宿舍外面是一个核桃园，7 月的园子果实累累，你和同学一起去摘了吃，满手的黑。大雨倾盆而下，闪电劈过树顶，亮光从窗前划过，把屋里的你吓了一跳。

后来，你遇到对你很重要的一个人，他却伤你至深。你只懂得哀哀地问：为什么？那一年冬天的雨雪霏霏，却都化作了水，一滴滴落在你的书上、枕上、衣上、心上。

最终你还是接受了事实。似乎不曾拥有过，便不愿就此舍去。只是这拥有不免来得勉强。你知道自己和另一个女子比，你不够优秀，不够出色，你从来都是只丑小鸭。

如果有一天你可以超越了这一切，是否一切都会变好？从此你的世界开始明朗。你在一天天变好。他的面色时有阴沉。有时你们吵架，他会问："你会不会这一辈子都不能原谅我？"他垂着头。你说："不知道。"

你是个记仇的人么？你不知道。暑假你一个人在家，看着父母憔悴许多，想着将来你要挑起的担子，再想起那个人留给你的寒冷，你在黑夜里哭出声来，眼泪塞满了两个耳朵。

你要什么？你想做一个优秀的女子。你渐渐对研究着迷，寒假你没有回家，你是要拼命了呢！你不知道别的，只知道冬日暖温的阳光，你穿着淡蓝色的滑雪衫，衬在白雪上，亮得像家乡的天空。

他渐渐沉默。你们激烈地吵过几次。你总以为他就是你生命中的亲人了。可是，好像你也习惯了为这个人而哭个不休。你找不到最初那种单纯的开心了，似乎一切的幸福，纵是闪着金光，却衬着一层底色，一层浓重的蓝。而你的本心，以往柔软温润的地方，仿佛慢慢地变得冷硬，甚至长出茧来。

你的照片开始慢慢老气起来，肃穆而无笑容的一张脸，你看了不由得难过。

脸上长了痘痘，烦人的一种青春；人也开始发胖。

所幸同学依旧不曾生疏。你疯疯癫癫地跟着一起玩，然后到他们宿舍蹭饭。实验之余，你又开始看《红楼梦》，还看安徒生的童话。你看着看着若有所思，就信手写下一段一段的文字。

你渐渐闯出自己的研究天地来，早早发了论文，一年后，评了所里的特别奖，你是9个人中唯一的硕士，资历最浅的一个。你的导师希望你做得更好，"你要努力呀！要至少再有两篇三分以上的文章，才能保证拿到院长奖学金，知道吗？"你隐约觉得有什么地方不对，可是你仿佛站在云端，你看不清楚。你只是觉得焦灼，似乎前方有什么东西要你去拿，你却累得走不动。

无意中你迷上网络，在那一片感性天地——文学空间，你涂鸦，聒噪，偶尔也会沉默。

你常去的地方只有一两个。你喜欢那里可亲的人。有人谦和得让你肃然起敬，有人温婉得叫你爱到心里去；有人和你一样的小脾气，也有人板起脸来俨然是个雷公。

你厌倦了生活中的人们比这比那，你参不透每一个笑脸的背后到底是什么样的内蕴，你永远也无法去欣赏宝钗。你沉迷网络，不能自拔。

你想过去你必定是一个——抓不住生活本质的浮萍，没有根。这本质又是什么呢？你一直在想。

在你差不多快要厌弃自己的时候，你的朋友来给你打气。你似乎看到一个你在缓缓睡去，另一个你在慢慢醒来。

你的实验室终于搬了。新环境幽雅漂亮，你满心欢喜。透过大大的玻璃窗，能看到你喜欢的蓝天和白云，天气好的时候你能望得到颐和园的佛香阁。你看一会儿风景，欢喜一会儿。你依旧不穿深色的实验服，只穿白的，因为好看。你和你的师弟师妹们走来走去忙着收拾新屋子。你们都像是小孩在过家家，很开心地把实验室叫做"咱家"。你去图书馆，发现有太多的书你要看，你一下子就想痴迷进去。

你从来都不是个决果的人，却从来都像是在坚持着些什么。你十岁时候看《人在旅途》，学会了唱里面的歌："向着那梦中的地方去，错了我也不悔过。"这么多年来，你以为自己忘了，事实上从来不曾忘记过。黑夜里你抬头看天，少见星光，也不见弯月。曾经流去的种种，化作漫天的花朵，在深蓝的夜色里迎面扑来，无声无息，纷繁而又灿烂。

羁旅

花朵

两朵花

两朵美丽的花

在你的眼睛里　燃烧

不时地　有灯花　跌落

画画

我画了　蓝色的荷叶

粉色的荷花

黑白的水波

可是我　却不知道

该把你　画成

什么　颜色

满眼的蓝

有谁愿意
一撒手就转身
积着满眼的蓝
再流落枕上
一宿惆怅

一整个海洋的蓝

春光

才一眨眼
榆叶梅的花朵
就都成了绿叶

多么短暂的春光
教人　悲伤

秋夜

疲惫的雨
吻着瘦长的秋
欸乃
是谁人在楼上
似我一般　难眠

下午在莲花山顶

北风吹走了

棉花糖一样的云朵

不见了云朵里

谜一样的你

我坐在山上

看　暖的太阳

看　冷的月亮

我的天空

碎碎念

1

有天早上，坐班车去学校的路上，抬头看到半透明的月亮还浮在蓝天上，像我做的 KBr 压片，感觉一不小心压碎了，呵呵。

2

Alicia keys 的声音，有点沙哑，有点孤寂，有点清冷。一开始我不太喜欢，后来就很爱听，像喝着苦丁茶。

3

很多年前渐冷的秋天，桂花树开在村头，香气清幽醉人，好像遥远的仙女一样，让人纯粹地向往，圣洁地倾慕。

很多年后来到南方，看这里的桂花一丛丛茂密地生长，从秋天开到过年，再开到来年春天。浓烈的香甜，甜腻得好像月饼，不喜欢。

4

偶然看到了乔任梁演出的《我爱摇滚》，惊讶地发现这个男生有种很特别的气质，眼神有力度，有征服力，侵略性，全身散发着热情，很热爱生活。什么地方特别像李宇春？甚至让人想起了 Michael Jackson。

台下全是小女生在尖叫，我要是再年轻十岁，可能也会这么发疯的。

后来转念一想：十年前我还是个小姑娘，可以去粉一粉别人；十年之后的今天，我已经是三字头的年龄，该让别人来粉自己了吧?

5

看到街上一个小女生穿着粉红的长罩衫，腿上是灰色的袜子。我忽然想到：如果反过来，穿一件灰色的长罩衫和一双粉红的袜子，会不会更性感?

6

曾轶可说："我要出去看我的月亮了！"

我就写个"她的月亮"吧，呵呵。

她的月亮

不晓得 这样的月光
能否照到 他的心上
她心头茫然
似 一个 梦境
似 一片 月光

珍珠梅

嫁妆

有时候我会说，我的这些（近千本）书，就是我的嫁妆！

就像三十年前，改革开放不久，报纸上写的那样：某女青年破除旧风俗，不肯要婆家的彩礼，也不肯要娘家的缝纫机、自行车做嫁妆，她带着一箱子的书，嫁到了邻村。

日出

李波帮我选了窗帘，淡淡的草绿色的底子，上面有好多米黄色的娃娃熊图案。挂上以后，房间一下子温馨了很多，好像整面墙，都驻着春天。

其他地方仍然空白。有一次，快到中秋的时候，我买了一个红灯笼，放在床头，斜对着窗帘，一点的红，大片的绿，一下子就亮了很多。

我觉得这是莫奈《日出》画面的立体版！

红豆

坐在图书馆里看书，抬头忽然发现外面有一溜微绿的细草，隐约还有一些红色的豆子——是人造的，塑料的吧？

走出去看，我才发现这是真的有生命的草，豆子也是真的，玲珑可爱。

于是设想可以设计一个这样的艺术品，就放在靠近阳台的门边，风从这里吹过，风移影动，咿，绛珠仙子就是这样的吧？

芭比娃娃

龚老师一直都喜欢穿她自己设计的衣服——绚丽，似晚礼服，有时还低胸，或者露背；有时又穿着短裤，显出她的小蛮腰和纤细的腿——她已过了不惑之年了呢。她才不管那么多，有时会把头发染成金黄色，扎得高高的。

她就这么穿着来学校。我说："你真像个芭比娃娃！"

她哈哈大笑："哎呀，这么多年，就你这么欣赏我！"

我说："其实我不是很欣赏这些衣服，我欣赏你这种敢作敢为的个性。"

他们系里，她是第一个评上正教授的。那些"须男"，都被她比下去了呢。做研究，确实需要敢于不走寻常路的勇气呢。

我和龚老师经常这么互相欣赏兼且吹捧。反正我也喜欢穿不寻常的衣服，也曾经把头发烫成像爆米花。

吴倩莲

在外贸店里淘衣服的时候，认识的这个女子——她穿着蓝色小碎花的裙子，捏两个麻花小辫儿，眼神和行动都很利索，并且仿佛心无旁骛。忽然就觉得，她应该也是个"驴子"。

问了她，果然是。

她接着就猜，我也应当是个背包客——呵呵，看来驴友和驴友之间真的是心有灵犀啊。

她的眉眼和气质都极像吴倩莲，从此我就叫她"吴倩莲"。她听了呵呵地笑。

"吴倩莲"自己开了家小店，兴致一来就背着包一个人走西南。夏天的时候，她说要去西藏玩。其实我也很想去西藏，心想如果和她做伴该多好。可是最后也没有说，是不愿扰了她独自出行的兴致，也是怕距离近了，就扰了这惺惺相惜的情谊。

只是后来再去逛这家店的时候，就会问老板娘："吴倩莲"呢，她最近有没有来？

　　有时候喜欢一件衣服，可是没有码了。老板娘就会说："吴倩莲"她拿了两件的，要不要让她给你留一件？

　　有段时间没见着她了，就想想她说的：你要让自己快乐。

　　是啊，要快乐！

云淡风轻的日子

小侄一岁时

小猪狗朋友

爷爷奶奶干活时，畅畅偏要抱抱，搂着脖子打着秋千脚不着地，要爷爷奶奶抱。这时我说："去看羊。"他常会高高兴兴地让我抱走，去看五姥姥（家乡话，不是指外婆，而是指爸爸的奶奶）的羊。

那只羊有时被拴在院子里，有时拴在墙外。他总要去看，初时一天看个十遍八遍也不厌烦，还要说："喂喂。"他还会指着旁边的树叶，将它们揪下来喂羊。这是他的第一位好朋友。

出了五姥姥家门，畅畅就会指着后面的房子说："吓吓。"他说的是小涛家樱桃树上的稻草人。"吓吓是吓谁的？"他想了想说："鸟鸟。"到了樱桃树旁，他会指着草人说："讲讲。"他不知道从什么时候开始，对他不熟悉的事物，就是这么要求大人给他"讲讲"。于是开始给他讲："这是棵樱桃树，春天的时候会结大大香香甜甜的樱桃，可好吃了。小鸟儿也喜欢吃，它飞来了，一口就把一个樱桃叼走了。树上绑一个假人儿，风一吹，它就呜地一动，把鸟鸟吓跑了。"听完一遍他还要再说："讲讲。"最多的时候，我一连讲了五遍。

转个弯，便可见畅畅大爷爷家的两只小猪和一只狗狗。天气热的时候，它们会趴在地上睡觉。一会儿畅畅指着猪猪说："混混。"他在家的时候，看到奶奶睡午觉，就会说："混混。"一面说着就去抓奶奶的头发，把奶奶弄醒。现在看到猪猪在睡午觉，他也要去和猪猪混混。

"我们畅畅是只小猪猪呀！"

还好一会儿他的注意力就被路边的小草吸引住了："汪汪狗。"他指着狗尾巴草说，一面挣扎着要下来摘草。摘着摘着又看到了许多石头片儿，就开始嚷嚷："漂儿悠。"（打水漂在这里被称作漂儿悠），捡着石头往路边扔。一路扔呀扔，畅畅就告别了他的小猪狗朋友，走回家去了！

讲讲

畅畅还不会说话的时候，爷爷就常抱着他去读店铺墙上贴的广告，一句一句地给他读，他不会说话，却是一直听着。

许是由于这样的习惯，畅畅稍大之后，总喜欢让人给他读点什么，或者讲解些什么。家门附近曾经竖过一个蒙牛广告的大牌子，他就让爷爷给他讲。后来牌子不见了，畅畅还说要蒙牛。爷爷说："蒙牛搬走了。""找找。""找不着啊。""喊喊。"他就是要蒙牛。

看到门上贴的对联，或者年画，他就央求："讲讲。"大人就开始讲："这是个富字，就是说有很多钱，能买很多虾条……这是小鸟，蝴蝶，还有两条鱼儿，这是花朵……鹏程万里，万里的意思就是很远很远，坐汽车走十天也走不到呢！"畅畅每天都要"讲讲"，爷爷就每天给他讲，讲得口干舌燥。

畅畅最喜欢听的，还是洗衣机的故事。"讲讲。"爷爷就开始讲："Haier（海尔）洗衣机，就是说它的名字叫 Haier。就像咱们家娃娃叫畅畅。"畅畅又指着几行字说："讲讲。"爷爷就开始讲："交电就是说要用交流电，就是要插上插头，不能用干电池。……'怕湿'是说不能淋雨，你看这里画了一把伞，要挡雨。"从此畅畅看到伞就说是"怕怕"。畅畅天天都要爷爷讲洗衣机。"讲讲，讲讲。"畅畅总这么甜甜娇娇地央着爷爷给他讲，一个上午讲个十遍八遍，直到爷爷崩溃为止。

奶奶用轧面机轧面条的时候，畅畅就目不转睛地看，还让爷爷讲讲。爷爷就开始讲电机，齿轮，一个带着一个转……"讲讲。"畅畅还是央着爷爷。真不知道这小人怎么会有这么强烈的好奇心。

畅畅一度喜欢在吃饭时招待他的很多朋友。开饭了，他眼睛四下看着，看到什么就要喂人家一口饭。"仙仙（仙鹤）吃"——就要拿勺送过去一口；"松树吃"——再舀一勺；"电扇吃""花花吃""太阳吃"外面拖拉机突突开过，他听见了就说"突突吃"，甚至听到他说"狼吃"。仙鹤、松树、花朵、太阳，是家里客厅挂的一幅《松鹤延年》的画上有的，狼是延伸来的——畅畅指着画要爷爷"讲讲"，爷爷就说："这是花，这是仙鹤。仙鹤白天在河里吃鱼，吃饱了就飞到松树上睡觉。松树高，狼爬不上去，省得狼来吃它们。"畅畅听了说："摇摇。"有时还会拿手比划着做摇晃状。爷爷哈哈大笑："你要是狼，就把树摇摇，把仙鹤摇下来？"畅畅"嗯"地应了！

魔幻一般的世界

音乐

爷爷的电子琴里有数首示范插曲，畅畅很小的时候就是听着这些曲子入睡的。后来告诉他歌的名字，他慢慢记住了几首。

歌曲一响，他会叫出名字来。"蜜蜜。"这说的是《甜蜜蜜》。"年年。"这是说《新年好》。"方方。"说的是《在那桃花盛开的地方》。《彩云追月》这个名字不好跟他解释，爷爷就说是"追追，就是撵撵（方言，追赶之意）的意思。"于是畅畅听到这首歌的时候就会说"撵撵"。

有时他还能听出是《秋蝉》，就会说："蝉蝉。"可这是一首多么惆怅的曲子啊。

还好曲子中多数都是蛮向上的。最欢快的就是那首《采花扑蝶》。每次听到这首曲子，他都会跳呀跳，即使是抱着哄他入睡，他听到这首曲子也会在那里蹬呀蹬的。可是曲名怎么解释呢？爷爷说："这是小朋友在追蝴蝶儿，高兴地蹦啊蹦。畅畅你也蹦蹦吧？"问他这是什么歌？他有时说"蝶儿蝶儿"，有时说"蹦蹦"。

有时爷爷抱着他，他会说："哄哄。"接着就让爷爷把他平放在怀里。爷爷放好音乐，一面踱步，一面打着节奏拍着畅畅。拍着拍着畅畅就会渐渐入了梦乡，甜甜的，摇摇晃晃的梦乡——爷爷依着拍子拍着畅畅，有时畅畅也拿手轻轻拍着爷爷。之后有次我抱着畅畅，一辆铲车突突开过，畅畅忽然和着突突的节奏，用手轻拍着我的背！

会栽赃、哄骗、咬人的破坏分子

天气暖热之后，就不再给畅畅用尿不湿了。这自然促使他"印地图"的事业蓬勃发展。奶奶问他："谁把被子尿湿了？"他初时说："奶奶。"后来再问，一口咬定："晶晶（邻居家的一个两岁的小女孩）。"

畅畅若是尿了床，或是踢翻一瓶啤酒，或是咬人一口，若问他是谁干的，他都爽快回答："晶晶。"

畅畅手里拿了虾条或者薯片，我作势要吃，他先拿出东西伸手过来，忽然又缩了回去，口里说着："标标（方言，骗人的意思）。"脸上还一脸坏笑。

感受和认知

爷爷骑着摩托车带畅畅走，风迎面而来，畅畅说："凉。"

天黑的时候，爷爷会拿着矿灯，去抓知了玩。带畅畅去，刚走一段路，畅畅就要说："怕，屋屋（回家的意思）。"

因为湿疹，畅畅腿上长了些红色的点点。"痒，抹抹。"畅畅一边说，一边指着药膏让大人给他抹。

畅畅拿了前一天开包的虾条吃。"Van（方言，指食品受潮之后疲软难以咬断的意思）。"他说。

这个一岁零五个月的小娃娃，是如何可以这般感知世界的呢？

孩子的思维

"1"

畅畅不到一岁的时候，邻居老彦教过他用一根手指头比画"1"字。当时畅畅还不太会动手指头，费了好大劲，还借另一只手帮着按住其余手指，才学会比出这个"1"字。

这个印象太深刻了，之后过了好久，畅畅还记得这个家伙和"1"很相关。

这天他正拿着一包糖丸在吃，不小心掉到了地上，滚落在老彦脚下。畅畅着急地冲着老彦喊"1，捞捞。"当时他还不会说"捡"或者"拾"，可他记得这家伙和"1"很有关系。

好多天以后，老彦还打趣他："我叫啥名？是不是不是1？"

明

看到灯，畅畅会指着说："明。"我们就知道他是说灯很亮的意思。

可是有一天，畅畅和邻居冬莲玩的时候，忽然指着冬莲说："明。"我们开始都很奇怪，不知道他说的是什么。

畅畅一直指着冬莲的衣服说："明。"

好半天才明白，原来冬莲衣服上缀了好多个红色的小片片，泛着珠光。畅畅说的"明"就是指这个珠光。

以后要形容珠光宝气，岂不是可以说：她披着满身的灯火，照亮了整个城市！

泡泡糖

畅畅特别希望给他买泡泡糖。路过小卖铺时，他会指着说："泡泡糖，买买。"我总说："你太小啦，不能吃泡泡糖。等畅畅长大了，再给你买。"

可这并没有令他对泡泡糖的喜爱有丝毫减少。天下起雨来，地上溅起很多个水泡。畅畅指着说："泡泡糖。"

院子外新修了沼气池子，还没封盖，可以看到表面已经有不少的沼气泡。畅畅高兴地指着说："泡泡糖。"

呵呵，孩子的联想真是丰富。

球

畅畅的玩具中有红色的足球和黄色的乒乓球，因为每天都玩他那一堆玩具，结果便是对"球"这个概念十分熟悉。

买了西瓜回来，畅畅就说是"球球"，还要"打打"。啊，当这是橄榄球吗？

姥姥家的院子里种了橘子树，果实累累，畅畅见了也说是"球球"。给他柿子或者李子，畅畅也说是"球球"。

爷爷带畅畅去七里河边玩，路上拿了一个李子，一路往前滚着，畅畅兴高采烈，一路追寻着李子就到了七里河畔。从此后畅畅记住了"滚滚"这件好玩的事情，对一切近于圆或者有些圆弧的东西都表现出了"滚滚"的兴趣。看到家里的葫芦丝，他要说是"球"，也要"滚滚"。看到爷爷的不锈钢水杯，他也要拿来"滚滚"。

我在想：畅畅若是晓得自己也是圆滚滚的样子的话，会不会要去地上翻个滚儿呢？

尿尿

童言无忌，畅畅这次无忌到了出恭这件不太文雅的事情上。

他去四奶奶家玩耍，看到水管正在淌水，就说"尿尿"，这个比方令人大笑。

后来他见到四奶奶就会说："尿尿。"

大人拿这件事情打趣他，结果他越发喜欢用这个词。

他拿起玉米粒往地下撒，或者看到下雨，或者瞧见画中的瀑布，甚或是给他晾茶，由一个杯子往另一个杯子里倒，他都说是"尿尿"。

呵呵，由他去吧。

孩子的想象力是多么可贵啊，而我们大人则应当珍视。

心理测试

有时候我会上新浪网做心理测试题。

有次测试题目是：看你有什么潜能有待挖掘。我测出来的答案是：鬼斧神工的脑电波。你可能是哪个外星球派到地球上忘记带走的，你的想法经常和别人不一样，经常有骇人听闻的想法出现，你周围的人可能早就习惯了。你应该去广告公司做创意工作。

我看得很懵懂——这是我吗？就问办公室的同事："这个测试准吗？"

80后的chai老师和60后的pang老师都说："准。"

真令人惊讶。

又有一次测试，题目是：看你是什么魅力的女人。我测出来的答案是：猛女。天不怕地不怕，好奇心强，什么都要去试下。

我好惊讶！就问她们两个："这个测试准吗？"她们说："准。"

不会吧，我经常觉得自己缩手缩脚、畏首畏尾的啊？

又有一次，测试题目是看你的电力状况如何。我得到的答案是：缺电。异性被你吓跑是常事，因为你经常会忘记爱情的定义。你的博学和幽默是你吸引人的亮点，但正所谓"成也风云，败也风云"。你的博学也会让对方无法介入你的世界，当你正进入忘我的海洋高谈阔论，他（她）在小岛上无形地被孤立。

我有点疑惑地问同事："这个测试准吗？"Chai老师说："准。"

姐无语了！

后来我就跟高原和中游她们讲这个测试还蛮准的，要她们来测。我让她们做了一道题目：看你有哪个古人的影子。中游测出来她是成吉思汗，她的性格确实挺举重若轻的；高原和我测出来都是项羽，说我们都是有深情有豪气。我们三个显然都是"女汉纸"。

再后来我又做了个题目：看你有多少男性潜质。我测出来的答案是：99%的男性成分。除了说上天把你造错了之外还能说些什么呢？做女人不要过于大大咧咧，温柔一点，你还是个很好的女生嘛。

呜哇，太震撼了！我就要高原也来测一下。结果她的答案和我一样，也是99%的男性成分。我俩都太能干了吧？

后来再让高原做测试，高原说："你别再把我测试成个男的就行。"

鸡蛋花

聚会

吃饭的地方是在甲所。几个同学都带了家里的小朋友：Wang Bin 带了乐源，Qiao Juan 带了陆宽，Mao Na 和 Yin Musheng 带了小葫芦。乐源和陆宽一个上幼儿园、一个上小学，小葫芦还要坐婴儿车。

Wang Bin 点了一桌子的菜，特别点了烤鸭，据说这里的烤鸭师傅是被送去全聚德培训过的。班长 Wang Bin 要好好款待一下我这个多年不见的老同学。

Qiao Juan 说我真是神秘，一直都不知道我在哪里。

我没好气地说：当你们发现我神秘不见的时候，很可能是被"统治阶级们"架在火上烤，还可能在被吊起来打。我们学校要搞改革，现在我们端的不是铁饭碗，是泥饭碗，天一下雨可就没了。Wang Bin 和 Qiao Juan 说起清华即将推出的 tenure track 制度（经过六年试用期后，如果能够通过评估，即获得终身教职），也要经受六年试用期的考核，大学老师已经相当不容易做。可是行政人员却有 tenure，哪有这样的道理。

继续聊，才知道原来大学和研究所里，到处都有"皇帝"。真是唏嘘。

所以姐成了个愤怒摇滚文艺女青年嘛，我说。他们呵呵地笑。

而在公司工作的同学，原来也颇不容易。Liu Xuming 转行搞了金融，和 Wang Hao 师弟是一个领域。Xuming 说这个领域一样要有关系；后来听师弟说他们这个领域一般也就年轻人能撑得住，年纪大的可就都干不动了。

还是小朋友们最开心。乐源和陆宽钻到桌子底下玩，隔着桌布，一会就来抓我的脚，抓着抓不着的就都哈哈地笑。Qiao Juan 说，他们俩每次聚会都钻在桌子底下玩。

Mao Na 和 Yin Musheng 一直都在照顾小葫芦。我和他们俩也是多年不见。2009 年的时候他俩来深圳，我们一起吃饭，Yin Musheng 非要请我，特别不让我请客，是因为我是孤家寡人，所以要照顾我吧。Qiao Juan 一直陪我说话，都没怎么管陆宽吃饭。她还是这么朴实的一个农村娃。

好多好多的菜，都没吃完。甲所的菜真是特别，而且好吃。要是住得近的话，就想打包回家。于是我憧憬着不久再来北京和大家聚会，再来甲所吃饭。下次我要请客。

暖的光

开会

做报告的有一半是老外，一半是华人教授。华人里有好多的美国教授。

第一天听报告的时候，我认识了林老师。我问他是哪个大学的，他说是 Argonne 国家实验室的。我说不知道。

林老师就说："你肯定没去过美国。"我说："是的。"我们讲话的语气很像两个小朋友。

他问我是哪个大学的，我给他看了 card。他特别吃惊："深圳大学？！"

虽然有心理准备，但还是稍有点受影响。

一会我说："都不知道为什么王老师叫我来开会。我太不出名了。"

林老师说："我也不知道为什么叫我来开会。"

他接着说："叫你来不是挺好的吗？"我说："嗯。"

见到了清华的朱老师，我跟他说之前我买了他写的石墨烯的书。朱老师很谦和地笑笑。现在可以和朱老师一起做报告了，很高兴。

初时还不大自信，因为我的 paper 发在 specialized journal 上，而会上好多人都在很好的杂志上发表过文章。可是听到后来我很自信了：因为若论工作的创新度，我的工作并不逊色。

吃饭的时候遇到了王老师和荆老师，聊起课题，我说我做的是关于 layered molybdenum oxide（片层状氧化钼）的，他们很感兴趣，要我回头把 paper 发给他们。真是意外，我一直以为我的工作很冷门的，不想原来有人这么感兴趣。

后来我和 Huiqiong 老师聊天，她也觉得我的工作很有趣：因为半导体中很多材料就是一层一层长出来的，我用的是化学的自组装方法长出来的，她这个研究半导体材料的就觉得很有趣。"这次会议有个 session 就是 layered materials。"她提醒我。哦，原来姐不小心在 layered materials 领域闯出名堂了。

这个 talk 给了我很大的信心，毕竟这是同行的认可。

后来我问王老师的学生："都不知道王老师怎么想着叫我来开会，我太不出名了。"

他说："应该有读过你们的 paper 吧。"

我恍然大悟："原来我们都是王老师海选选出来的。"周围的人都笑翻了。

最后的晚宴是在全聚德。我和 Huiqiong，Luying 坐在一起。我猜出了 Huiqiong 是射手座的，因为她的气质很像我的前情敌（一个射手座），也猜出了 Luying 是处女座的，因为她的气质像个女书生。处女座很有书生气质的。类比是个很好的思维方法嘛，哈哈。

PART **2**

这无常变幻的世界，纵然一切都来了又走，却依然有天空和大地永远与我相伴。而我已非单独个体，分明与这无边大地同体，与这永恒安稳同一体。此刻我已握有永恒。

Nianfengjing
念风景

印象云南

大理给人的印象实在平淡。

不过是苍山上卧着白云，一直卧着，以彼处为家的样子。云彩多且低，似乎我们离天空很近。崇圣寺上登高望远，高原阳光宁静热烈，云朵似恰在身旁。洱海就在眼前。坐了游船走，头顶厚云彩"嗖嗖"地过，仿佛是在天上的瑶池里飞。

云南的云果然多，厚，离头顶近一些。高海拔的昆明、大理、丽江如此，低海拔的西双版纳亦如此。

大理的民居显然是为旅游而新修的，差不多一个样子，刷的是呛人的白。墙上描几幅国画，初看讶异，再看就觉得刻意，而且脆弱，那油漆已有不少剥落了，越发显得画中的形象单薄。

倒是偶然见到的老式的白族民居，有着秀丽的重檐，重檐上还有彩绘，古朴宜人得紧。墙头的花纹依稀似我小时家里的房屋模样。汉族的房屋，便是此类装饰。门头上四方块的花纹式样，亦似小时候的屋架房屋。而今家里全修成平房，这样老式的艺术或建筑，是再没有了的。

当然，家乡人也不会当它是建筑或艺术。

大理若要铭记的，当是在洱海上饮的三道茶，一苦二甜三回味，滋味深沉。

我带了一包回深圳，冲开来喝，却已毫无感觉。大抵因为我似赶飞机一般赶着喝下去吧。深圳的生活，确实不太适合品茶。

另有印象的便是在大理淘得的一只手镯和两只烟灰缸。镯子是线拴的一块有机玻璃，里面嵌着一个绿色的甲壳虫，夜里还能发一会儿绿光，我喜欢这个创意。烟灰缸一个是大海碗那么大的螃蟹，肤色亮黄，或者说是健康的高原色，健硕有力，艺术风格很硬朗，颇合我这个牛仔的脾胃。另一个则是饭盅那么大的小南瓜，亦是高原色，但工艺细致，南瓜皮上刻有很细的花纹，还有寿星拄着拐杖拿着桃。这两个工艺品，哦不，艺术品，都有着夺人的光彩。我如获至宝，欢喜买走，在车上把玩许久。

后来在丽江亦见到这两个精灵。闻说纳西族人自己就会做，如同他们自己设计的房屋和诸多工艺品，都让我吃惊不已，这个民族的人们真是天生的艺术家。

大研的气质明丽纯净，又嘹亮有力地，动人心魄。

高原上的阳光澄澈强烈，如清酒。接近蓝天的白云也接近我。天色清净得如孩童的眼眸。处处跳跃着明艳色彩：红绿毛线缠成的纳西鱼，或明红或亮蓝或金黄的纳西平安符，鲜亮如梵高作品，而事实上它们不过是纳西人自己的、高原特有的强烈色彩。纳西人是天生的艺术家，颜色用得大胆生动，生机逼人。连店铺门面也是黑瓦红柱，缀上黄绿饰物，活泼喜庆，我喜欢得紧。

爱梵高，爱纳西。

一溪清澈的流水绕城而去，幽甜的气息暗香浮动，又给大研抹上浓重的一笔江南风情。找了找才发现，那幽香原是桂花气息，正兀自淡然地开着。石板路，大水车，小石桥，红灯笼，宜古宜今。我喜欢这里的文化融合。

最深沉的冲击，则是来自广场上的纳西阿婆。着民族服装的她们手拉着手在跳舞，神态从容。导游说纳西族人重感情。一度有喧嚣的游客吵醒了阿婆的早睡，陌生的外人使得庭院再不能随时敞开，外出亦须锁门，纳西人生气了，卧于路上，迫使古镇的开发停了下来。他们不要那么多钱，宁要平静的生活。

我喜欢这个可爱的民族。

我有多久没有跳过舞？或者有多久没有和朋友一起这样喜庆快乐过了？我站在广场上看着她们，心情如孩子般惊喜鲜亮，盖过昔日的怅惘。

愿人生如纳西阿婆，从容忘我。

马车晃晃悠悠进入束河。敞篷的四轮马车，一路嘚嘚作响，伴着叮呤的铃声，还有赶车人的吆喝。确切地说是窄窄的石板路上满是马车的声响，迤逦走过，遗下一溜马粪。唯此方见古朴，不觉莞尔。

仅容一辆马车通过的街旁则是林立的店铺，黑瓦红柱，密布成串的银饰，或色彩鲜艳的纳西工艺品。也有卖服装的，很多扎染衣服，但色彩已不复沉闷一色的蓝，而是变得鲜亮夺目，款式亦与全球同步，吊带扎染小衫不时可见。还在马车上看到了一件短衫，一半明黄一半橘红，我讶异一声，仿佛不期而遇，在此地见到了一位旧友。

马蹄声引领我们在高墙窄道上一路穿行。偶然可见土坯垒就的墙头，抖落历史的尘埃。恍惚间觉得自己是大英帝国的贵族，初来印度，坐着马车巡视新的天地。或是拍老街的群众演员，我们与历史一起成为背景。而前方不时有骑马的游客嘚嘚掠过，颇为壮观，看起来好似我们是家眷端坐车中，而他们则是马帮的汉子在外打拼。这里恰是在茶马古道上咧！

下车处一片开阔，但人头攒动，人马多得像是在赶集。高原阳光纯净如练，衬得一切都明艳照人。石板路和绕城河迎接我们进入古城。绕城河是石板的渠，宽不过尺许，水极清冽，渠底水草密实，飘逸可爱。走着走着就见路边的酒吧伸出一根绳子来，拴一只竹篮，装满啤酒饮料，丢在绕城河里镇着。

据说在水的源头，用脚一跺，就有泉水汩汩地冒出来。

有纳西阿婆拿水浸了水果，在石板路上售出。高原阳光照得水果和桶里的水都闪闪发亮，如惊喜的眼眸。像是小时候，母亲买了新鲜的黄瓜，就是这样湃在水桶里，满屋子都浸着清香与希冀。

总有银亮的阳光，一路流泻出来，铺于大地。像是太阳神君一阵朗笑，飞落于此，到处都是笑的和声。高原上一切色泽都随着惊艳夺目。木头的休闲酒吧随处可见，吧内与都市酒吧并无异处，外表则是最接近自然的模样：大都有一块木头标牌，不漆不雕，一副素颜的样子；有的在户外安放一只装着木头轮子的沙发；有的在屋前檐下种一排金光灿灿的向日葵，守护着石头垒的屋墙。屋外几十步处便是菜园，一畦一畦碧绿晶莹，见之醒目。清澈的流水养大的菜蔬，应该很能令齿颊芬芳的吧？

我在阳光下慢慢地走。这么阔朗的日光，和日光下的种种，总迫着我回到小时候。那有着许许多多金色光芒的小时候，那像麦芽糖一样黏人的小时候。

我站在束河的石板路上，满心怅惘。

西街之约

　　不远千里赴一场西街之约，为了这里美丽的艺术与绚烂的衣裳。三年前的秋天，颇有些忧郁惆怅的我来过一次阳朔。白天为它如画的山水而沉迷，随后又在灯火亮丽的傍晚惊喜地发现了这明丽光灿的西街。倚着青山，尽享自然，却又这般声光俱全，这个城市的气质迷离得令人惊羡。

　　只是今日西街却显得这般冷清。受金融危机的影响，外国游客骤减，不少店铺已经打算关张。走着走着忽然有幽幽的乐声传来，初以为是箫，后来才晓得是埙的声音。如此幽暗，仿佛是播到了《红楼梦》的第一百二十回。心里一片恻然，这一路憧憬着的明媚，怎么就成了感伤了呢？我快快往前走去。

　　无意就逛到了一家店铺，卖的衣服并无多少动人处，我却被桌上插的鲜花吸引住了。几枝百合，和几棵紫色的花。许是薰衣草？我不太认得出来，凑近来，想嗅这一片清香。我问："老板娘，是你放的花吗？真好看。"老板娘一面麻利地和几个老外交涉，一面答我："是呀，我喜欢花。看着心里就很愉快。"我细细地瞧着她，是位朴素美丽的少妇，面容白皙，有点红扑扑的，眼里隐约有一片朦胧，仿佛诗歌和画一样的朦胧。我打心底里喜欢上她了。我总还是喜欢这么明朗的格调。

　　外面的游人却颇有阑珊之意。天色也是欲雨未雨，忽然发现了一家很特别的花艺店，卖的几乎全是布料做成的花朵和果实。我一下子被吸引住了，站在它们面前仔细端详着。不同于寻常工艺品，这里的花朵如此立体、饱满，生机逼人，大一点的花朵尤其是恣肆生长的，花瓣并无圆滑的曲线，而是略不规则，率性绽放，叛逆而旺盛地生长。颜色偏偏是低调的艳，像日本服装惯用的颜色——将熟的杏黄色，朦胧的粉紫，怀旧的墨绿色，淡淡的、生怕扰人的清雅气息遍布其中。再看做工。也是极尽细致，这线条要勒紧了方能显出小南瓜的圆硕，绣球花的喷薄，栀子花的希望。我非常喜欢这特别、温柔又大气的花。这背后的设计师当是把少数民族的文化和西洋文化融合在一起了的，而汉文化的束缚和中庸退居其后，所以艺术观感才这么与众不同吧——我想。买了几件走，其实并不是全都很需要，只是想带回家去，提醒自己做事情要如此用心，做工作又要这么的创意出奇才行。这家店的设计师如此具有大家风范，如此叫人景仰，我非常非常地喜欢。

在西街的尽头，有一家印巴文化的店。我喜欢这么有南亚风情的衣服，镯子和项链，色调如此绚丽，带着好阳光的气质。买了一件扎染的七彩的丝裙，斑斓又神秘的色彩，如油画一样纷繁，神话一样绚烂，喜欢到心底里去。

在西街上走着走着，就特别地想念朋友来。小雨、文竹，下次我们一起来阳朔吧？我喜欢这么美丽的地方和这地方特有的这么有生命力的艺术。下次来，我们一起逛西街，再一起去徒步。多么美好的山河，多么美好的人生！

山里的花

黄姚

古镇如今少有人住，夏日里十分清静。巨大的榕树绿荫笼着清绿的溪水，水里有些泥巴，可依然清透。小饼干一样方方的踏石一块块摆在流水中，歪斜一路却安稳妥当。天气似乎一下子清凉起来了。

青石板的路总让人觉得亲近，仿佛满载人间气息。街两旁只剩下店家的招牌，往昔的商铺今日只是空有房宇。招牌带着文化混搭的痕迹，做得很有海派的样子。走了一段才能遇见个铺子，卖这里特有的豆豉酱，有腌蒜头的味道传来，让人想起小时候母亲腌的那些蒜头。

不睡午觉，揣几颗腌蒜头，和几个伙伴，在夏日悠长的午后，顺着水流一直走，从南头走到北头，再从北头走到南头。就着腌蒜头微辣酸甜的滋味，泼洒一路清浅的快乐。

而今几乎不再碰腌蒜头，城市之大，容不下腌蒜头的强烈气息。那些童年快乐也随之在记忆里搁浅，直到今天，在这样的镇上再度捞起。

月亮总是旧时的好，因为那里有回忆。日子也是旁观着的好，因为这里有憧憬。我站在清幽的小巷里，向往着昔日这镇上曾有过的温馨悠然的黑白时光。

这些青砖黑瓦，多么像小时候见过的。只是江南有点不大一样，我瞧见院子里有一处窗户上加了屋檐，还贴了横批对联：互敬互爱。这是做什么用的呢？窗户下有一个石头凿成的大盆，用来舂米的吗？今日却长满了一层肥嫩厚实的菜蔬，颜色碧青，挤挤挨挨，丰盈得像一幅画，合着顶上的对联，颇为好看。

这家是宗祠，墙上绘着许多画，很有颐和园的风采，笔触厚实，观感有力。生时忙于俗世中打拼，身后便如此醉享艺术，也是不错的安排。

有胡琴的声音传来，屋里几个老人在唱和，是京剧吗？又似乎不是。我们没有问，他们也没有停。

有妇人在池边洗衣。这是五眼井。第一眼是饮用水。第二、三眼是洗菜水，第四、五眼才是洗衣用水。

孩子们却热闹得多。拱桥有好几米高，他们却一跃入水，才六七岁的小孩子，光着脊梁，黑黝黝的，像小泥鳅一样轻巧跳入溪水，三两下他们又游到岸边来，过一会儿又跳下水去，那些跳水运动员大约就是这么长大的吧。

导游小罗是位清雅的女子，一路讲着古镇的历史和风光，言谈没有一丝的烟火气。听得出她是真的爱这里的风光，就像邻家小妹带着我们来玩。有小孩正骑在石墩上玩，面前晒着一筐一筐的梅。小罗从筐里捡起一只话梅来，叫着"淘淘"，拿给小孩吃，也不用和主人打招呼。

经过一家店铺，她在窗外喊："秀秀。"里面有男孩子热忱应答，好像是家里的哥哥那么亲。她却连寒暄也没有，就继续前行了。

边城里的翠翠，长大以后，便是她这样的吧？

离开黄姚的时候，我有点不舍，可是连句再见都没有说，我不知道该怎样去和这么古典的一个世界告别。面前是返回深圳的滚滚洪流，我随着人流汇入其中。再见，黄姚。

白

西安行

　　刚出站口就看见灰青的老城墙，吃了一惊，这个古都开门见山的直率真是可爱。

　　有云浮在天边——这是西北的天空了，果然要广漠一些。

　　车子穿过厚厚的门洞，恍然胜过新鲜——古人进城时会是什么样呢？待了一会儿，我也想不出个答案来。

　　由北向南一路行来一路看，此城果与别处不同。

　　街不宽，楼不高，车不多，人不摩登，却也不会错疑了这是个小城镇。街两边的楼，一色地顶着巨幅广告招牌，齐齐修出条车水马龙的大渠来。那路是正东正西，正南正北，交会处是城中心的钟楼——只看那灰砖墙红木柱苍绿飞檐，就要不假思索地喜欢上了。

　　再一眼瞥见开元商城，心思就被锁定不能动弹。那商城只有几层，外围没有规则形状，错错落落堆成棱角好看的白色大别墅状。再一看又想起元朝的圆顶宫殿来，白墙上斜斜镶了几处碧绿的大玻璃窗，水在上面汩汩地淌着，妆成一面风景。底层的大红柱子和门框绌着墨线，喜气洋洋地和那一片碧色松爽呼应着。这个建筑倒是可以给可口可乐做广告：醒目。

　　整条街的风格都是学者风范：融会中西的模样。老旧处妆着新颜，洋气时也不忘了古朴。站牌倚着古松，白底绿字暗红的镶边，简约得清新可爱。

　　只那银行的楼高大巍峨，四巨柱倚天而立，擎着玻璃打造的一壁高墙，门口是对怒吼的狂狮。像是见过的某家法院——都带些审视的味道，教人不得不扬眉看着。晚上细看，才发现它和对面的中资大厦一凹一凸，临街对峙着，柔光里应答得轻松有致。

走在这个古城，仿佛不小心打开了祖母的木梳妆匣……

放下行李就去找小吃街。谁料那情报是 4 年前采的，现在已经不管用了——大麦市街已经拆走了。只好一路打听，最后找到了一处老街。后来才知道，这是回民区。

厚大的青砖铺成一地怀旧。路旁一溜儿的老槐树，掩着一排暗红的木楼。来往的只是几个游人。

一眼瞧见两间宽敞"工"字厅房，灰瓦上生着老绿的瓦棕，门脸儿大开，挂着中式衣物，古旧器皿。那店名最是引人：一是晴雨宜，一是荟萃轩。知道不过是赚老外的钱罢了，却不免要多看这两处几眼，实在是朴素宜人得很。

还不到九点，店铺也没几家开伙的。就随便找了一家坐下，要品品这如雷贯耳的羊肉泡馍。牢记着一位 Q 友的教导：老孙家的，不行，要吃路边儿的。

谁想这家路边儿的这么不合口味儿呢！寡淡的汤，肥白的肉，不入味儿的粉丝……偏还有同伴说：嗯，比我上次在北京吃的味道要好不少。他上次可是品了白水泡馍不成？

轰然出了店门。来的时间不对，也没什么可逛的。正要打道回府，却听得有钟声嗡地一响，再一看路标：清真寺，就在另一条巷子里呢。

一路悠荡过去。不过是些小摊儿，一家挨着一家，摆严了整条巷。

只爱看那花花绿绿的皮影，也就不由想起了那个率性的满天红，和他那唱哑了的秦腔：去年今日此门中……

拿了剪纸，一本本翻着。一套蝴蝶，一套马，买了来爱不释手。

还看见一摞红楼剪纸，赶快拿过来翻。

不想那剪纸的惯于创造乡村野景，于这贵族小姐上却是平常。不管曹公写什么俊眼修眉，鼻腻鹅脂，袅娜风流，娇花照水，一色给她们笼统的眼和眉，浑圆的脸和身。极目方可辨出，那扛了农具的该是黛玉，那捧着块书的当是探春，那抱了只猫的是可卿？那衣衫陡然一变，艳黄一簇的是元春？可恨剪得不好看便罢了，偏要泼了各色材料，生生地将个纸人儿染得千红万艳起来，连那脸也抹成鲜黄一片，观之大怯。不由得悲从中来。原来瞧见封皮上"宝黛"二字，心内是怦然一动，及至拿了来细看，却已了无心思，至少是灰了大半……

往巷的深处走，瞧着包头巾的回族妇女多了起来，却说着陕西话，听了很是奇怪——我的脑子里一直固执地潜意识地认为回族人要么说阿拉伯语，要么说着卷舌的北京话的。

夜，自然是黑噱噱地铺天而来。灯，也就光灿灿的满天亮着。

一行人商量着进城，也逛城楼。

灰而厚的城墙镶了长的金边，不动声色地将鲜活跳脱的城护将起来，只露个顶梢儿，引得人越发去想：那金城墙围着的，可是个富贵处，温柔乡？

长串灯笼竖在城墙上，远望像是馋人的冰糖葫芦，还顶着杏黄的旗。也不知写着什么天书，可是"冰糖葫芦皇家御用"？

只进城来逛。南大街果然繁华，流光溢彩的一片霓虹广告世界。人和车只成了点缀，来来往往的像是给它们配着动画。

或者，像是熙熙攘攘的鱼，游来游去，看着岸上的景——那一片灯火通明。

一回头看南城门，霎时要被定住不动：探灯打在灰的墙上，光是浮白一片。灰白苍绿的城楼挺拔庄重，微微有些翼然，衬着黑夜，静穆，不言不语的庄严。离了光的，是排碧绿的老槐树，树干比夜空要黑得生动逼人些，树冠翠绿如玉，底下挂着大红灯笼，颜色厚实得像能拧出胭脂汁子来。正是红了樱桃，绿了芭蕉——该是这个色调吧？不过是个夜版的，也少了些清雨？

定定站着，被催着走了，却又是几回头。

那街却没有十分可逛处。大约都市的夜都是这般交由灯红酒绿去主宰了吧。霓虹闪闪中车水马龙一片热闹得很。

还是要喜欢方才那白光灰墙绿树红灯笼……

如若可能，宁愿做那一树樱桃，或者一棵芭蕉。

将明

尼泊尔之旅

人物篇

蒙奇奇

在飞机上我和雨笛小朋友坐在一起。她有个玩具娃娃，我以为是小兔子，她说："不是兔子，是只小猴子。"

果然，是只留着平头的小猴子，只是穿着兔子的衣服。眼神看起来很羞怯。

这个蒙奇奇难道也是巨蟹座的吗？它是奈良美智的作品吗？

聊天

那天在博卡拉，雨笛、雨笛妈妈和我，我们三个人坐在阳台上聊天，不知不觉大大的月亮升了起来。

聊到雨笛妈妈的奶奶，雨笛的太奶奶（她叫姥姥，湖南人的叫法），我在她们家见过一次，是个很能干和善的老太太，满头银丝，精神矍铄，八十多岁还能炒菜做饭。

雨笛妈妈说："我奶奶很聪明，会绣花，会画画。"

雨笛说："上次我得了肺炎，我姥姥就画了只小熊猫送给我。"

真羡慕。

雨笛说，小时候姥姥送她去幼儿园，那时候她才两岁半，一到幼儿园她就在里面哭，哭的时候一边拿着毛巾，一边还在吃手指头。姥姥就在幼儿园外面隔着玻璃哭。

我问："你怎么知道姥姥哭了？你看到了吗？"

雨笛说："妈妈在外面看到的。"

这是多么美丽的画啊。我说："雨笛你不是在学国画吗，把这个画面画出来，会有很多人喜欢的。"

雨笛疑惑地问："真的有人喜欢吗？"

我说："是的，会有很多人喜欢的。我就会很喜欢。"

老娃和小娃

路上雨笛、雨笛妈妈和我，我们三个人一个房间。

雨笛是个十岁的小娃娃，比较乖巧，时而调皮。

我叫她傻娃、乖娃、土娃和愣娃。

她就叫我老娃、胖娃、懒娃和好娃。

后来我"教唆"八岁的子乐："以后你妈妈要是把你惹不高兴了，你就叫她'老娃'；要是她让你高兴了，你就叫她'小娃'。"

没过多久就听见子乐叫她妈妈"小娃"。哈哈。

中国通

给我们当导游的是当地的一个尼泊尔人，介绍自己叫 Rakeshi，中文名叫小马哥。

小马哥说："我有时候为人民服务，有时候为人民币服务。"

幸亏他的母语不是中文，否则我看我们全车的人都说不过他。

小可爱

泡泡实在太可爱了，特别爱笑。看见我用吹风机吹头发，把头发吹乱了，她就乐不可支，笑个没完。我说："泡泡你的笑点真低！"Wei Bo 说："比你还低？"我说："是的。"

我们聊天的时候说到晚上几点睡觉。泡泡说："我每天都睡得很晚。所以第二天上学经常迟到。"

我问她："你早上几点起床？"

泡泡认真地回答："七点，八点，九点……有时候是十点。"她又很高兴地说，"我上小班的时候，有一回是第一个去到幼儿园的！"

随后她又补充说："我们班有的同学比我还晚去学校。"

哈哈，这个五岁的小娃娃，性格太好了！

回深圳的路上，这个小女孩居然捏着我的脸说："小可爱，你就是个小可爱！"听得姐心里这个甜这个美啊！

昵称

龚老师伉俪好像一路都在录像。我们看完犀牛，接着去看小象。此时路过了一条河流，就看到龚老师对着镜头介绍说："接下来我们经过了一条河流……"然后我就听到她喊她老公："哥哥，往这里来。"听得我蛮惊奇的！因为他们俩可是50后，居然也这么时髦！韩剧里面小女生才管小男生叫哥哥的啊！

后来我特别问了龚老师："你刚刚是不是叫李老师哥哥的？韩剧里就是这么叫的。"

龚老师纠正说："没有啊。我都是叫他'佩'。"

原来不是韩剧，是美剧啊！

采访

我管吕老师叫田伯光。

我很认真地采访"田伯光"："请问你是如何做到万花丛中过，片叶不沾身的？是怎么就可以拿得起，放得下的？"

"田伯光"淡定地说："从来就没有拿起过，当然能放得下了。"

姐没话说了！

对话

有时候听小朋友们的对话，是件很有意思的事。

五岁的泡泡好像不能理解八岁的乐乐。乐乐就很不屑一顾地说："你懂什么啊！我这叫童心未泯！"

影响因子

龚老师和我都比较喜欢有民族风情的衣服。我们俩在尼泊尔都买了好几件有当地风情的衣服。我们都爱美衣！

记得前一段和同事聊天的时候，我还说过，我也有很多很漂亮、比较特别的衣服。同事就说："那你可以跟龚老师PK一下嘛。"众所周知，龚老师在学校以穿衣拉风绚烂百变而著名。很多人都知道她和她的衣服！

我很实诚地说："不行啊，我的衣服的影响因子没她那么高啊。"姐走的是小众路线，没有她这么有广泛的影响哈！

蜜糖和芥末

这些50后和60后的前辈们好心地关心我的桃花运："回去就好好设计一下形象，好好打扮打扮。拉拉皮儿（我好像是双眼皮儿啊），美美容，烫烫头发，再抽抽脂，跳跳舞，练练瑜伽，撒撒娇，这样就可以成为天下第一媚女了！"

汗啊，不带这么鼓励人的啊。

后来我千回百转，搜肠刮肚，冥思苦想了好久，终于攒出来一句哆哆的话："请问可不可以给我倒杯水？"立马获得了他们的高度认可，可是我自己咋就这么不习惯呢。

让别人去做蜜糖，我来当一当芥末，不也挺好的嘛。

从樱桃小丸子到郭芙蓉

前辈们还是认为我应该经常学着撒娇。他们可能觉得女人就该柔柔弱弱嗲嗲的。说得我很无奈："姐年轻的时候可曾经一度就是樱桃小丸子，后来就被这残酷的社会给折磨成了郭芙蓉。我容易吗我？！"

是啊，我容易吗？

尼泊尔当地的小孩

便利店

人文自然篇

美蓝

Nepal（尼泊尔）的机场里这么多蓝色的广告，美丽的天蓝色！我一下子就喜欢上这里了！

小马哥

小马哥很幽默地问我们："你们带的是'毛主席'，还是'华盛顿'？"后来我才明白，他是指我们带的是人民币还是美元。

后来我问他："那你们尼泊尔的货币叫什么？"他答："喜马拉雅。"

我问他："你信佛教吗？"他答："我现在想睡觉！"很慧黠机智。

小马哥的中文语调不够标准，但是说得已经很好。他教我们说"namaste"，这在尼泊尔语里是"你好"的意思。还特别提醒我们，拍照前要跟人说声 namaste，不然人家会生气的。又提醒我们说："会有小孩子跟你们要钱，不要给他们钱，不然这些小孩子就变坏了，就不上学了。你们要给的话，就给他们文具。要是给吃的，不要扔给他们，要一个一个地给，不然他们会去抢，会打架。你们要一个个地给。他们是人，不是狗。"太汗颜了，我们中国可是文明古国啊，现在却需要别人提示这些。

我们现在把文化、尊重、关爱，丢到哪里去了？

路上小马哥提醒我们说："我会给你们矿泉水。矿泉水喝不完的话不要丢掉，浪费有罪。"讲话的语气很像小时候爷爷教育人的语气，很实在很质朴。后来几天里吃饭喝水的时候，我都记着这句话，"浪费有罪"，所以基本没浪费。

我问："小马哥，你可不可以讲讲尼泊尔文化？"他说："当然，这是我的工作。"

在他介绍第二天的早餐时，我们问："是要出示什么凭证如房卡之类的吗？"小马哥说："不用，你只要说'我认识小马哥'，就可以了。"

久违了的信任啊。

Kathmandu 的早餐

清晨空气清冷，有木柴燃烧的炊烟气息，仿佛是小时候。

早餐是自助餐，很好吃。水果味道非常充沛：苹果和葡萄都是清甜清甜的，樱桃有着深红色的甜。咖喱的味道一点都不冲，麦片粥很醇厚，模模糊糊，仿佛一个梦境。

同事说牛奶也好喝。"牛奶都可以挂在玻璃杯上。"

这里的蔬菜和水果可能不用农药，所以味道才这么好。

印度还是中国

吃过早饭，我们坐车出发去 Chitwan 了。

看到了车窗外面的柚子树，结着大大的金黄色的柚子。乌鸦落在电线上，自动生成五线谱。还看到了灰色的鸽子，天上有澄明的太阳，空中有一层薄雾。

路上导游和我们聊天，说到他们不喜欢印度人，因为印度这个国家特别喜欢控制南亚其他国家。尼泊尔这个小国家什么都要从印度进口，因此不得不听印度的话。

我说："那以后从中国进口，不就可以了吗？"

小马哥说："交通不方便啊。"

Liu Bo 老师说："把喜马拉雅山炸个大口子嘛！"

小马哥幽默地说："这已经在计划中了！"我们大笑。

小马哥接着说："现在倒是在修高铁，从日喀则到加德满都的高铁。"

我们都说好。但是他又接着说："这样也不行。因为不是中国人都好的。"

我们哄然大笑。这话说得可真是婉转。我们问他中国人在这里怎么坏。小马哥说："现在加德满都红灯区里有很多小姐，多数是中国人。中国人在这里会做非法的生意，比如卖独角犀牛。"

Liu Bo 老师又继续搞笑："这样好啊！把中国的小姐都送到国外去，我们中国不就纯洁了嘛！"

仙境

从博卡拉到拉加阔特的路上，一路都是仙境。

雪山在远处，时隐时现；近处山上有云雾缭绕，梯田似面包片，一片一片堆起。油菜花和桃花已经盛开。江水碧绿。可惜我们不能停下来拍照。

这么美丽的地方，难怪简庆福会几次前来摄影。这里确实犹如仙境。

寺庙的鸽子

奇特旺的大丽花

危险

Nepal 的路很窄，基本只能容两辆车经过。路边临江的地方，有人搭起吊脚楼一样的屋子来做生意。

周老师同情地说："房子下面就是悬崖，真危险。"

我说："我们还要吃地沟油，三聚氰胺，也挺危险。"

这个就叫作抬杠？

贪嗔痴怨

在尼泊尔，看到人们很友善，眼神宁静平和。这大约是因为他们多数信仰佛教，而佛教是要教人戒除贪嗔痴怨的，是以他们眼中不见喜悲、怨怒、焦虑、戒备、冷硬。望过去一副古井无波，岁月不惊的样子。

我心里有这么多的贪嗔痴怨，是不是也该读一读佛经？

我们的和他们的农村

Nepal 的农村确实比较贫穷。但是很干净，艺术，人们悠闲，眼神宁静。

我们的农村这些年是富裕起来了，却付出了牺牲幸福的代价。一家人全年在外打工，终年不得团聚。农民打工仔在城市里过的是什么生活。

未来的生活方式

没事儿（不种地的时候）就晒晒太阳，或者念念佛经。这就是我理解的尼泊尔文化。

尼泊尔文化是印度文化的卫星文化，因此说它算印度文化也不为过。梁漱溟先生说过：中国文化和印度文化都是出现得太早的文化。他认为应该先走西方文化这条路，然后再慢慢走到中国文化这条路上，最后再走到印度文化这条道上（此时物质已经很丰富，人们可以整天闲着冥想，瑜伽，诵经，晒太阳什么的）。

如此说来，这里的生活方式是人们未来的生活方式。不过要差不多等到一千年以后，才能全球都流行吧？

回到田园

　　我和子乐妈妈（小芳）在聊天，说身边有一些朋友已经开始离开城市，回到农村了。

　　发小 Li Bo，爱冒险的家伙，是从公司里辞职开始自己创业的（在深圳办了小松树学校），她老公现在也开始自己开农庄，在惠州包了一百多亩地，搞活力农耕，种有机蔬菜。

　　山友里有美人松他们一家卖掉了深圳的房子和车子，去大理包下了三百亩地，种葡萄和橄榄。梅妈妈是退休以后把市区的房子卖掉，到葵涌买了房子住，每天都忙着照顾一大群鸡、鸭，一池塘的鱼，还有菜园。这就是陶渊明说的归隐田园啊！

　　小芳说她考虑先攒几年的钱，过几年到韶关去包一片地，也搞农场。我说："呀，以后你就是地主婆了。"小芳说："不是地主婆，是自耕农。"她喜欢农村的纯朴。

　　这些可是真正的潮人啊！

月亮升起来了

饺子

导游说我们吃尼泊尔餐的时候会吃到"饺子"。我欢呼雀跃之后，发现这其实就是水煮的包子。

导游说现在年轻的尼泊尔人忙着上班，没时间做饭，就把饺子当快餐吃。看来尼泊尔和我们一样开始西化了。

显然西化是整个东方的必经之路，但也只是中间道路，不是最后的道路。最后还是要回到我们的东方，古朴、悠远、宁静、安逸的东方来。

秋天和夏天

这里的人们很友善，微笑就像春天。

一开始还只是出于礼貌，后来就比较习惯了跟大家微笑着说 namaste 或者 bye bye。临走之前跟表演节目的女艺人以及飞机上的空姐微笑着告别，她们都给了我好大的笑容！我的笑容像秋天，她们的笑容像夏天！

女人的地位

我说："Wei Bo，我一听你和你老公讲话就知道，在你们家你是一把手。因为你用的都是命令的语气，不是商量的语气。"

Wei Bo 呵呵地笑："是吗？"

我说："是啊，在我们家我娘跟我爹讲话，就是用这种命令的语气。"我娘当然是我家的一把手。

Wei Bo 总结说："那看来全国人民都这样。刚才导游不是总结了嘛，中国女人的地位很高。"

可是中国女人很辛苦啊，在外面一样和男人工作，回到家里还要做家务，要生孩子，养孩子，地位自然就高嘛。

尼泊尔的女人婚后很少有出去工作的，所以尼泊尔女人的地位不高。这里男人是可以打老婆的。我特别问了："是尼泊尔全国都这样可以打老婆吗？"导游说："是的，打两下没什么嘛。"

可是这个国家不是多数人都信仰佛教的吗？为什么还要打老婆，打自己的亲人？难道佛教没有教人爱别人吗？我知道基督教是教人爱别人，宽恕别人，特别要宽恕自己的亲人的。佛教不这么教人吗？

尼泊尔民歌《茉莉花》

这首歌导游给我们唱过几次，很好听，但听不懂歌词，他大致翻译了一下：小伙子在放羊，看到姑娘在山顶拿着手帕（彩带？忘记了）向他挥舞小伙就很开心地来到山顶。可是到了山上，女孩却不理他，他就很难过，问女孩为什么，姑娘就说女孩子比较害羞。

旋律很好听，仿佛是思念在风中飘荡，时而心中又如小鹿乱撞。差不多就是这样的情绪。和导游的解释比较一致。

网上有其他版本的翻译：

> 木棉花开了，
> 你是何时开的花呢？
> 花落似白鸟飞下，
> 白色的鸟一直在飞。
> 你可能很累很累了，
> 是否想停下来休息，
> 还是你喜欢飞去，
> 很远很远的地方？

不过这个版本的歌词好像和旋律不大对得上啊。

告别

我们就要离开尼泊尔了。小马哥唱了中文歌跟我们告别。我们的头儿说："你下次来深圳，我请你喝酒。"

"田伯光"说："我挥一挥衣袖，不带走一片云彩。"

姐说："我挥一挥衣袖，带走了所有的云彩！"尼泊尔的云彩很多很好看的，差不多有昆明的云彩那么好看呢！都带走都带走！

Questions

这次很遗憾的是没有提前做好功课，对尼泊尔了解不够。下次要去印度的话，我一定要好好查一查资料，或者，准备好一大堆的问题问当地的导游：

有人说印度人是全世界最狡猾的民族，你怎么看？（这个问题太尖锐了吧？）

印度的种姓制度制约印度的发展了吗？你怎么看？

印度女人地位高吗？据说印度有的地方，丈夫死了之后，妻子要殉葬的。现在还这样吗？

印度是一夫一妻制吗？有一夫多妻或者多夫一妻吗？

印度的伴侣，如果一方背叛另一方，会受到什么样的惩罚？包括风俗和法律上的？

印度为什么可以成为几千年的文明古国？秘密是什么？有人说我们中国之所以能成为几千年的文明古国，秘密就是包容（王鲁湘的书里这么说的）。

为什么印度的科技不发达？

你在印度如何行使你的民主权利？

泰姬为什么有这么大的魅力，皇帝这么喜欢她？因为美貌、智慧，还是因为他们两个八字（或者星座）超级匹配，性格合得来？还是因为两个人很有共同语言，彼此之间有说不完的话？

　　印度文化和尼泊尔文化有什么不同？

　　乔布斯从印度学到了什么？印度文化如何影响了他的人生？

　　印度教育的弊端在哪里？

　　你会给我们中国人提什么建议？

拉加阔特的日出

旅馆里的瓶花

在奇特旺坐独木舟去看犀牛和鳄鱼

罂粟插花

文莱　沙巴

吴尊

下了飞机才知道，原来吴尊就在这架飞机上。不过他在商务舱，俺们在经济舱，加上他来得晚走得早，所以无缘得见。

哎呀，真可惜就这么错过亲眼瞅见这个超级大帅哥的机会。

俺并不粉他，不过就是觉得错过了这么好几载难逢的好机会，怪遗憾的。

文莱特产啊！

慢下来

接我们的导游是个华裔，看起来就像个十来岁的孩子，讲话很温柔很可爱。不过他说他已经 22 岁了。真青春啊！

"可能是我们文莱生活太轻松了，所以我看起显得这么小。"

是哦，吴尊看起来也是一点都不为生活所累的样子，很阳光啊。不同的是，吴尊出身文莱的富豪家庭，自然无忧无虑、心情轻快。而这个小男孩导游只出身于文莱的普通移民家庭，工薪一族的他依然如此轻松。

真羡慕。

"在文莱，就是要慢下来，慢慢地享受生活。"导游告诉我们。

如此缓慢的生活节奏，对我们来说可真是不习惯。尤其在一线城市，这么慢啊慢的，可能就没有饭吃了。

一文币

在文莱不管生什么病，只要交1文币（相当于人民币5元）就可以去医院检查治疗直到病好。

如果是要开刀做手术，就要去新加坡看病。"我们国王很好，他会提供四张飞机票，所有的医疗费用也只要1文币。"导游说。

教育自然也是免费，就连1文币都不用出。如果你能到国外留学，国王还会送蛮多奖金。

汽车自然有很多，平均每户三四辆汽车。汽油很便宜啊，比矿泉水都便宜。

国王有三百多辆汽车，有专门的工人替他每天遛车，因为车太多，来不及开，得不时这么遛一遛。

文莱海景

导游说："我们国王很好，他的停车场可以停放四百多辆车，但是他现在只有三百多辆。"

可是后来我搜索了一下，发现媒体众口一词都说文莱苏丹极其拜金豪车无数。确实，这个苏丹自己掏了腰包建清真寺，把庙的顶部全都镀上金子。这得要多少金子啊？

导游的说法和媒体的说法是多么不同的两个评价啊！

而做王的子民，确实需要这么温柔且善解人意啊。

一夫多妻

男人若信伊斯兰教，只要够有钱，就可以同时拥有四个媳妇。

这岂不是合了不少男士的心意？

只是听说男子必须公平对待这四个媳妇，若有偏差，媳妇可以到法院告他。刑法之一就是鞭笞，而且还要依体积大小量刑，也就是说高而胖的挨的打多，还有精确计算。听到这里，那几个家伙有些错愕。

国王目前只有一个媳妇。"二王妃和三王妃都被休掉了。"

"为什么？"

"那就去问国王喽。"

过了会我开始编电视剧："二王妃和三王妃都是想当王后，于是跟现在的王后PK，可是最后输掉了，国王就让她们走了……"

我承认，这个桥段很狗血。

红 & 绿

文莱的植物和深圳差不多：夹竹桃、凤凰木、朱槿花、变叶木、洋紫荆、龙船花。不过气候就比较闷热，也潮湿，毕竟是海边。

比较有意思的是，看到不少商店的装饰用的就是红色和绿色。这两种颜色搭配挺醒目的，别处也不多见。

后来才明白，此处是穆斯林和华人比较多的地区，穆斯林喜欢绿色，而我们华人认为红色很喜庆。两种颜色合在一起，像是文化混搭，蛮不错的。

美蓝

沙巴的海景，自然是无可匹敌的。坐游艇往金之岛去的路上，是如此美丽如此缥缈的海景。大海浪漫深远，而个人此时渺小无依。此情此景，确实令人既深深迷恋又觉得不安，直想远离。

在沙巴，看到了纯净的蓝天，也看到了傍晚雨后醉人的天蓝与海蓝。深邃醉人的美蓝，令人沉醉，却又夹杂着些许伤感。

沙巴码头

东山岛与厦门

　　先去的东山岛，这里曾经是拍摄《西游记》的地方。黑石头遍布的岛，高处有座寺庙。这座寺庙有着浓重的凡间情趣：庙门上是琉璃瓦的屋檐，瓦上则伫立着数十个栩栩如生的彩塑，闻说有八仙过海，还有《红楼梦》里的人物。我分不出来。只是分明瞧见有一处屋檐上，整个就是一家戏楼的重现，从楼台到人物，无不精雕细刻。寺庙围墙顶部亦有装饰，是彩色瓷片拼成的菠萝、桃子、虾、蟹、花卉，阳光下明净可爱。东山人就地取材，浓彩绘上，这般质朴的情怀，教人莞尔。

　　东山岛的海碧绿清澈，海岸旁有很多原生态的黑石头。这里的景致还比较原始和美丽，我见犹怜。

　　若论厦门的风情，白天则无甚可谈。记得住的怕只有街两旁的菩提树了，果然明净不惹尘埃。余者便是一片迷茫，没有焦点，不成影像。即使是闻名的鼓浪屿，也是十分萧然。岛上别墅由于生活条件不便，因而少有人住，望去少了很多生气。倒是在岛上第一次见到了曼陀罗花，至今难忘。用这种风情别致，色泽艳丽，而偏又能麻醉兼且伤人的不寻常的花来比王夫人，果然很妙。

　　它的夜景则要美妙得多。站在厦门岛上望过去，对岸的鼓浪屿如一座七彩宝藏，浮于漆黑夜上。再配上些冷雨，更是五光十色中一片凄迷景致，教人一阵恍惚，不知身在何方。八点整时，街上的大钟楼响起音乐，就是那首婉转别致的《鼓浪屿之歌》，真是首好曲子。细雨浸湿的厦门，此时遍地炫彩，满目流光。

八达岭　圆明园

八达岭野生动物园

因为是野生动物园，人在车里，动物在车外山野间行走，所以多少还是有些刺激的。

但是那些动物看起来已经没有什么野性。

狮子孤独地卧在小土坡上仿佛晨睡未醒，白的老虎花的老虎在林间缓缓行走，甚至走到路上挡在车前面，可是也不怎么可怕。它不吼，没有王者气度，只是缓缓走着仿佛胖得走不动了似的。

豹子，一只金钱豹装在笼子里了，觉得它真可怜。奇怪为什么它被圈起来了。

野猪看着像家猪的模样，不过行动要快速很多。

狼在道路两边的山坡上或直立或卧着眼睛炯炯有神，离车窗仅有尺把距离。

可爱的小狮子和小老虎在一起生活着不打架也不吵闹。

还有很多温顺动物。长颈鹿脖子太长了，走起路来有板有眼，优雅得叫人发笑。

鹿的姿态很美，看着它的双腿想起芭蕾舞演员。

袋鼠蹦来蹦去总让我觉得它一不小心就会蹦出天外。

大大的牦牛如白石头般卧在小山坡下，不知道是不是在想念它的雪山。快了，11月这里就会下雪的，你再等等吧。

野马很可爱，埋着头朝人走来，头顶的头发遮住了眼睛，好像一种很自尊的酷，它是来要吃的，我没有吃的啊！它明白了就转身走，依然埋着头长发遮面步履徐徐，有若流浪的国王，再窘迫也不失贵族气质。

昨天去了圆明园

除了美女，和美女的漂亮衣服，别的啥也没看到。

我不明白圆明园为什么这么不伦不类：说荒凉不荒凉，不是遗址模样；说华丽不华丽，不见重建的气势。倒是四处可见塑料的花叶，夯劣的木头制品，摆着镀铜道具扮演皇家气派的，穿袍子吗？做格格吗？做皇帝吗？

还有"祥子号"的黄包车，坐的人兴高采烈。我自己却没出息地低头绕走。

还好，这次没见到吹唢呐坐花轿的。

怎么都没找到弥望的荷花，只见枯水一片，脏而破败。黄而瘦小的荷叶，大日头晒着，没精打采，淹埋在淤泥的腐败味道里。

我连大水法都没走到，就回头了。

9 年过去了，对这个地方，除了失望，依旧是失望。

拿破仑说中国是东方睡狮，我多么愿意相信他说的话，愿意天真执着地认为，有过盛唐大元的中国，会再次挺秀芬芳，让世界折服。

可是在圆明园，这记录着中国屈辱历史的地方，什么也没有。你看不到任何物质的璀璨，也感受不到什么风骨气质向上的力量。有的只是，迷茫的醒，与恍然的梦。

牢骚太盛防肠断。

我们租船去，拍照去，吹风去，观柳去？

好一副太平盛世，且去及时行乐好了。

鸟鸣　落雨

夜半鸟鸣

半夜的时候被噩梦惊醒，睁开眼惶然地看着，微光从窗户里透进来，恍惚间我听到了鸟叫。

的确是鸟在叫。很奇怪而好听的声音，像是颗颗的水滴重重地落在水潭里，带着余响。

是什么鸟？不是布谷鸟，这时候北方特有的鸟，是我从来没有听过的鸟。

那只鸟一直在动人地叫着，离我好像不远，可也不近，声音不算很清晰，可是我能够真切地感受到水滴在咚咚地落入潭中。它的声音很有韵律，可惜我不识谱，无法记录下来。我只是一遍又一遍地想起"竹露清响"这个词来。

它在轻轻地叫着，是深夜了，没有杂音和它竞争。这只鸟就这样与众不同地叫着，水滴仿佛落在我的心里，清爽而又带着重量。心微微的有些疼起来，依旧带着些惶然。

慢慢地我睡去了，还是些焦虑的梦。早上醒来，我又清晰地想起了那只奇怪而动听的鸟。它该睡觉去了吧，还能再听到它的声音吗？

落雨时分

我在实验室里清爽地坐着听雨。这个北方的城市总是少水，因而夏天急遽的雨越发珍贵而且显得空气难得的湿润了起来。在密集的雨声中听见一辆辆的车匆匆掠过湿漉漉的街道，忙忙地不知道在驶向哪一个方向。

放眼看过去，天空阴沉，似是想象中真正的沙暴。湿漉漉的风徐徐送了进来。

站在窗口看雨，那雨正痛快地下着。点点线线不断泼墨般的雨，不像下在地上，倒像下在心里。街上已经几乎没有行人，少有的几个雨衣在雨幕里穿行，几把雨伞候在车站的檐下。街两旁的树沉沉地绿着，对面的天空低低地灰着，一片光在头顶无言地亮着。

一点一点松爽了起来，荡漾着些许快乐，似是雨水在心中溅起了几朵水花。

忽然有点难过，有点想家，可是怎么都不能。

习惯了这个城市的干燥和孤独，以及没有亲人，欠缺关爱，感觉早已开始迟钝，并且麻木。

这雨如此难得的清凉安静，心情却回不到从前，那有时像年画一样喜庆，有时又像眼泪一样忧伤的从前，那鲜活清灵得像山间野果一样的从前。

而很快已经听不到雨声了。对面的工地一成不变的轰鸣吞噬掉了那脆弱的雨。天色此时苍灰一片，带着些微微的红。

微明

秋意　虫声

《秋意浓》

这首歌许飞唱得清冷又寂寥，又浓稠地温润柔和熨帖。

秋意正浓。南下的汽车上，我看着窗外的江汉平原，黄黄绿绿地一整个世界的灿烂。颇有些地方，洼地稻谷金黄金黄，周围高处尚绿，浓浓地绿。特别像一个金色的湖，全是黄金之水，沉甸甸一直坠入谷底。

太阳已降得很低，金黄色温暖入眼，配合渐起的暮色，真是烂漫怡人，到了极致。既不失秋的清凉，又留着阳光的璀璨。

不知什么时候，半个月亮已升在天边；初时银白，后来成了金黄。

就这么照着我，一路向南，向南，直到这海边。

虫声渐起

当是蟋蟀的鸣叫，在家乡四野无尽的秋丛中吟个不休，不论是清晨，还是傍晚。

而天气已经很凉，不见知了的声音。

若是从前，田里谷物渐黄，天空淡蓝，辽远。场上渐有金黄色的稻秆。大人们忙着收秋，还是小孩子的我却唯有满腹惆怅与寂寥——很小就开始熟悉的一种感觉，大约记事时便有了吧？

秋的凉意任由这虫子挥洒。

这虫子却一声声将我催离家门。岁岁秋声，岁岁离别。

这虫声清凉柔和，却又恼人。崩一声弹断我心中的弦，伤感满腔而来，毫无由头却又无法抗拒。

　　这虫声将夜的天一染再染，直到暗蓝；染得昨夜清冷，而今晨凄切。

　　这虫声直把黛玉变成秋天，再将秋天装入泪眼，一声一声，摧去行路人的心肝！

秋声

冬日

五更

"半轮鸡唱五更残"。五更是个什么概念?

不知道。只是天还没亮,窗外的鸡鸣声就吵得我一梦惊醒,咚一声跌进这时间的无涯的荒野里。恍恍惚惚地,像是住在若干年前的老房子里,窗外是轮又明又大的月亮,高高的梧桐树顶着深厚黑蓝的天幕,清亮的月华洒得满院光辉。那时候的房子没有围墙,出了门就是宽阔的大院子,夜色如水,我和邻居家的兄弟姐妹们一起在月下打打闹闹,吵吵嚷嚷……

才一觉,就睡去了十年。

十年!紧张忙碌的十年,东西相隔的十年,聚少离多的十年……

月牙

忽一抬头,就瞧见一弯银亮的下弦月,弓腰弯背斜躺在夜的蓝幕上。可能是一时眼花,我竟想象着有一根细绳系着那弯月牙,绳的一头在天顶钉牢了,另一头的月亮就会在那里溜溜地打转……

实际上那月牙只是安安稳稳地卧着,通体粲然银亮,像是整个天穹上只开了一个小窗,天外头的华光就一下子泻了进来……

一面瞧着那细巧的月儿,一面慢慢踱着步。才几步,一排杨树移步换形托住了它。那月牙继续恬然地睡着它那恬然的梦;天边镶着微红淡黄的霞光,虽然只是笔写意,暖暖的却正像那月儿的梦。

枕着大地

那天在东西冲，大家在海边的斜坡上休息。

原本只是坐着，看近处的半边山峦，远处的几座小岛将大海围在天际之中；看眼前海鸟飞过，看近处几只船开走。下午的阳光有点晃眼。

此时仿佛自己便是一只海鸥，栖在石坡上。

渺小，孤单。

一会就想跟周围的人一样，躺下晒晒太阳。

当枕着大地的时候，天地忽然变得如此浩大。面前只有无垠的长空，与我一人相对。我的世界，我的心际，霎时膨胀到无穷远处，而身下是广袤的大地，春安夏泰，亘古不变的大地，从未有过的妥帖感油然而生，豪气满心。

这无常变幻的世界，纵然一切都来了又走，却依然有天空和大地永远与我相伴。而我已非单独个体，分明与这无边大地同体，与这永恒安稳同一体。此刻我已握有永恒。

看海

台风

台风来的时候，是在深夜。

那么肆虐的狂风吹打着窗户，咆哮而过，睡梦里总被惊醒，醒时心中一阵一阵的惊恐。

很多年都没有如此惊慌过的梦醒。之前在北京，沙尘暴和冬天荒郊的夜风，够荒凉，够暴虐，却似乎都没有这样给人猛烈的惶恐。

白天很快又来了。那夜的惶恐像清晨的雾气一样，已然散去。它变得薄如纸，轻如烟，淡漠得如同多年前的回忆。

这便是岁月吧！那么多细密的忧伤夹缠着奔涌的希望，一日一日的起伏着，跌宕着，到最后似乎波澜不惊，似乎不太悲，也不太喜。

也无风雨也无晴

艰难时要傻傻地怀揣梦想一个劲儿向前；再被伤害也要相信爱，要懂得爱别人；不管世上的人如何尔虞我诈，我心中也要固守善念。人生中这么多痛苦，你得学会遗忘或者漠视或者一直向前走，用好的未来替代坏的过去。

PART **3**

Iwenyi
*A*爱文艺

颜色

曾经有几年心情很沉重压抑，喜欢的就是蓝色，深深浅浅的蓝。我所能触及的一切也全都染上了蓝。

若去买衣服，那定是蓝色的。回来写文章，景致中也要有些蓝。

后来心情开始转暖，发现自己爱上了金黄色。后来又喜欢上了烂漫的粉紫色。

于是再看张大千的画，我发现一下子就懂很多。

这一张是深蓝色渲染的背底，中间一小朵金黄的荷花骨朵。这似是蓝色忧郁中闪亮的一丝金色喜悦。冷蓝中一点暖黄。暗海上一盏明灯。又一张是大片的沉重压抑的黑色荷叶，中间是血红的怒放的荷花花朵。那一刻我想到的是牛虻。再有的联想便是南方的木棉——笔直黑沉的树干，冬去春来，它一点树叶也未留下，看似已然残损死去，却忽然在某一个春日，迸出血红的花朵，绽放在枝头。如此的激扬刚烈，难怪世人要叫它英雄树。张大千的荷花，亦是如此风骨。

有时想，梵高是到了南欧洲，见到了绚丽的阳光和阳光下生机逼人的植物，才有了传世名作《向日葵》。如果他未去南欧，而是来的我们南中国，那么他将被木棉的英雄气概震慑，他的传世名作可能不是向日葵，而是木棉了。

再一张是黑色渲染的荷塘，画面一团黑，唯底部是一朵洁白的荷花。荷花仿佛就要沉下去，被黑色吞没。移情入画，当此荷花是一个人，这分明是个纯真婴儿。我此刻想紧紧拥抱这一朵洁白的荷花，不让它为这污浊的周遭所吞噬。

同样讲究色彩的还有毕加索，以及最早提出色彩主题的梵高。

毕加索蓝调时期的作品令人震撼。他只用蓝色，深深浅浅的蓝，霎时即令我明白画中人的悲伤。毕加索的伟大之处还在于他过人的观察力和表现力，仅凭表情与形体语言便可如此深刻地展露人物的忧郁，无助，以及痛苦——而那时他才二十岁出头。这一幅《盲人的早餐》，我们看到的是盲人低垂的头，蜡黄的脸，哀苦的面容，因绝望而撅起变形的唇，极力撑起脑袋的双肩，无力的手，摸索着找到的一小片面包和一碗水。周围一片深蓝，如冬日黄昏一般凄冷的蓝。我几乎快要哭出来了。

这天才的画家若非心生悲悯，如何能这般细致入微展现盲人的苦，又如何能如此深入心扉，击中你我的魂！

明朗

梵高如他自己所言，是第一个想到要用颜色主题来表达绘画的。他要用颜色引起人们的联想（见《梵高自传》）。于是在《星空》里便是深沉忧郁的蓝的夜空，和明亮金黄的星子。梵高一生都在挣扎，这星子便是他心中燃着的希望之光，照亮那无尽悲苦的黯蓝人生。他的名画《向日葵》，则是用尽绚烂的金黄和亮绿，这充满生机的颜色，这无尽美好的颜色。而向日葵已经开始枯萎，叶子低垂，头颅向地。尽管如此，却依然绽放出挣扎向上的姿态，叶子刚硬，精神向上——当此花是人，哪里只是几片叶子，分明是挣扎求生的人的手，绝不放弃，昂扬向上。梵高力透纸背，生命的呐喊呼啸而来。

昆曲

大概 25 岁之前我是不能真正领略戏曲的好，比如京剧，比如昆曲。特别是昆曲，我曾经一度诧异：怎么昆曲就成了世界遗产，它有这么好吗？

当时在北京已经生活将近 10 年了，耳濡目染之下，对京剧颇为喜欢，但这种喜欢，恰似是在北京渐渐习惯了油条豆浆，而来广东又慢慢喜欢这里的煲汤和淡淡的口味。与其说是喜欢，不如说是习惯。

声音里面有什么，有多深刻的内涵，是在完成学业踏入江湖之后渐渐才懂的。人情冷暖与江湖叵测，它统统都包含了。

此时我能看懂《功夫》，会为阿星的际遇而落泪，为最后他和哑女的相逢而哽咽。生之不易，爱之珍贵，岁月这杯茶不由人选择地喝下去，喝着喝着便心中雪亮通透，一片清明。

此时我喜欢李宇春，喜欢这个纯真、阳光、真挚，却引起了争议的小女生。我喜欢她声音里的温柔、冷静、大气、善良，还有谦逊和淡定。

对，是淡定，这欧吉桑一般历尽云烟之后的淡定。

终于有一天我听懂了昆曲，昆曲里就有着无尽的这般的淡定和从容。京剧像是入世成功的典范，它典雅、纯粹、亮丽，满是精气神儿地出入在王侯将相家。昆曲则似大隐隐于市的世外高人，不事声张却又如行云流水般地谱写人生之优雅曼妙，从容安好。这昆曲的曲子不似京剧那般刚而有张力，却似是连绵不断的跌宕起伏，高并不入云霄，低亦不至于不可闻，总是峰回路转绵绵而去，如同生命一般地坚韧，也如同生命一般地悠长。

在昆曲面前，你我恰似江上掠过的一只沙鸥，或一叶小舟，它却似历史般长远，又似历史般阅历无数的，自在安然的，江边的青峰。

　　写完之后去搜索关于昆曲艺术美的文章，发现这么一段关于昆曲起源的文字：

　　元代曾八十年不开科举，加上汉人不受朝廷重用，以至于诸多希图"学而优则仕"的才子满腹诗词经纶却投报无门。于是只有把目光转向供人娱乐的民间戏曲，这样，既没浪费才情，又托戏中人物之口抒发了时代赋予的各种郁闷。　（《京华时报》）

　　呀，看来我的直觉是对的！昆曲果然对应的是"大隐隐于市的世外高人"。

苍茫

Chanel 格纹

    大牌服装对局部做工的用心，恰似一部名著对于细节文字的考究：通体看够大气，挑出一小段来又都精致经典，经得起细细地品。

    所以看到 Chanel 的格纹衣服，黑黑白白的条纹，似乎隐隐约约的经纬交替着，细细密密地织满衣服，就晓得这做工显然是用心的，精致的，毫无敷衍痕迹的。

    大牌自有大牌的好。

    只是这格纹的好不止于此：

    忽然有一天，看到科苑星空的这个签名档：

    希望失望希望失望失望失望……

    看得我无声地笑。因为这是中科院的 BBS，发帖子的十有八九是哪个师弟或者师妹，更有可能是他实验中屡败屡战之后的心得。要知道科研中 10 个 idea，差不多 9 个都是失败的，大部分的时间都是在失败中探索，等待成功。实在磨炼一个人的心智。此时若是再有个功利的老板急不可待地催，一颗心就像是在浪涛上沉浮：一会儿有希望了，一会儿又发现这个想法失败了；再接着试新的想法，新的实验，新一轮希望与失望的交替。

    太锻炼一个人的神经了！

    所以此时我仿佛能够读懂 Chanel 格纹的好，也能理解为什么它的第二代掌门人把格纹用成经典。这个忽明忽暗的纹路一路朦朦胧胧，扑朔迷离地织下去，织着织着就优优雅雅地讲述了人生这么悠长，命运这般隐约的一个故事。这波澜起伏的人生，这柳暗花明、一村又一村的人生……

怪不得我看着它这么毛茸茸的格纹衣服，感觉舒服耐看之余，总认为这件衣服很有哲学味道似的。

　　我很想知道它的掌门人 Karl Lagerfeld 是不是由于这个原因才这么喜欢用这个格纹；我也很想知道，如果他听过中国的昆曲，会不会就喜欢上它，恰似当年毕加索见过张大千之后就喜欢上了中国的书法一样？我一时半会是见不到这个人了，如果你有机会见到的话，记得帮我问一问。

明明暗暗

空明

傅雷说元人的山水画中如此空明，是后人没有的。

可这空明是如何来的？蒙古族人问鼎了中原，处处歧视汉族人，诗书过去可以经世或者流芳，而今却百无一用。元朝的知识分子心中实在苦闷，不能科举，只能转投其他门路：如代人写信，如编写戏剧，如绘画营生。

是以在那个时代兴起元曲，特别是出现了昆曲，多么精致的艺术。

昆曲的气质自然也可称为空明的，出尘的，淡然的，从容的，看淡一切风云的。

元代的山水佳作大抵也如此，只是在这山水空明的背后，有多少无奈，有多少惆怅，有多少被迫练就的超逸。

这空明似是委屈之后，哭过一场，心中的那种空明。

亮光

舞蹈

Michael Jackson

觉得 Michael Jackson（迈克尔·杰克逊）的舞蹈很好看，就忍不住想：为什么人家的好看？真正好的舞蹈是什么样子的？舞蹈的意义或者说好坏是怎样评判的？

查阅资料之后，才晓得舞蹈是通过动作来表达情感或情绪的，舞蹈必须有节奏的。

Michael 的舞蹈表达的是什么情绪呢？我自己来想想。

Michael 喜欢卓别林，他在舞蹈中融入了很多卓别林的动作，像机器人一样，蛮别致的。舞蹈动作与歌曲旋律很合拍——他的很多作品表达的都是重压下的心声，这一点和卓别林很一致，因为卓别林的片子表达的正是巨大压力下劳动者有如机器人般机械麻木的情绪与动作，在内涵上它们是一致的，所以他用卓别林的动作，自然而然，恰到好处。而他的太空步，放在音乐中并不突兀，在我看来，这种机械移动脚步的舞蹈同样表达心中的压抑，并不失与音乐和谐一致。

Michael 的魔鬼舞也很搞笑，很有节奏，又带着魔鬼动作的特点，蛮新奇，令人印象深刻。因为他的舞蹈总能迅速让人明白他要表达的是什么：魔鬼在跳舞。对呀，有节奏的舞动。

舞蹈一定是要有节奏的，这是为什么呢？我没有查到资料，只是想起在哪里看到过的一个观点，说音乐令人愉悦的原因，在于它是有节奏的，可以令听众身体里原本可能已经偏离律动的运作恢复到规律运动，进而让情绪平和下来。音乐如此，舞蹈也如此吧？

这种强烈的外在的节奏，有时候，确实好像能够令身体听从它的召唤，与之共鸣。强劲的鼓点，让人想用力地挥动手臂。而舒缓柔弱的节奏，就让人想轻微晃动。音乐和舞蹈，真是如此神奇的东西。

李宇春

李宇春跳舞真是好看。我很清楚地记得她跳过的舞蹈，特别是那些她自己加进去的小动作！

她唱《当我开始偷偷地想你》，音乐响起的时候——那是一段带着纠缠情绪的音乐——她的动作是向前蹦了一小步，很像是从泥淖中抽出双脚。中间唱到改变心意，决意远去那一段时，她的动作是周身一震，仿佛从一个"我"变成另一个"我"。最后歌曲结束，情感也收手，她的动作是潇洒地一甩头——合着鼓点，如此到位，如此洒脱，如此别开生面，又如此活灵活现！

这才是真正的情感表达，真正有生命力的舞蹈，真正深刻的艺术！"玉米"们爱她，不是没来由的头脑发热，而是确实发现了真正的璞玉！

萨顶顶

想起了萨顶顶的《万物生》。这个80后才女，创新力实在惊人——这首歌的曲是她写的，不过旋律是梵文里诵经的声音，她放大后，就成了这首歌！难怪这歌听起来让人觉得平和、沉稳，虽然有点沉重，却又相当从容，它包含了佛的慈悲与安宁。

而这首歌的伴舞居然是少林僧人，舞蹈动作遒劲有力，手中却偏偏持着扇子，实在是刚柔并济。萨顶顶头上的花朵其实是菩提叶子，令人惊羡。如此气质脱俗的女歌手，背后是从小接受佛教熏陶的少林弟子，歌曲的旋律又是另外一个神佛诵经的曲调——这样的音乐和舞蹈，让人讶异，让人惊叹。

这个女歌手确实特立独行，够有思想，够有创新，难怪她在国外如此受欢迎。我喜欢。

金奖获得者

《天天向上》里看到了这批杰出的舞者，是中国舞蹈大赛的金奖得者。原来中国也有这么深刻动人的舞蹈！

《新生》讲的是溥仪，演员在椅子上或跳或立，无一时宁静，一举一动全是煎熬；一会又在场上狂奔，动作中满是内心的冲突……这么丰富的情感表达，以前我没见过。

《孔乙己》里的演员动作放浪形骸，夸张可笑，却又憨态可掬。《乡愁无边》里女舞者时而悲痛，时而又合着音乐轻轻律动。《送别》里小姑娘只拿着一条红巾子，却在动作中写够大悲大痛——他们的舞蹈这么大开大合，这么尽情表达，这么有力到位，实在是看了这么多年的国人的表演中几乎从来没有见过的，喜欢！

好看的 MV

这是一支很特别的 MV,我一时半会只觉得它好,却想不出来为什么好。

音乐的声音很干净,鼓点之外隐约有一点钢琴声,可是这声音多么惆怅,欲爱而不能的惆怅。

Nicole 的声音凸显了出来,很特别的音色,让我想起印度。原本只是轻声低沉诉说,忽然就变高亢激昂,配合着 MV 中的原荒天地,似是远离尘嚣的野性的呼唤,很真挚很原始,很有异域风情。她的声音和惯常的流行歌星十分不同。

听着听着会听到曲子里有很多的情绪,而这些情绪平时听过的歌里并不常见,所以我费心颇想了想,才能想出到底是什么情绪。

明明很爱,却又不能继续爱的时候,女子哽咽难安,十分委屈地时断时续边哭边向男子表达心中的深情。情感如同火山,不能熄灭,亦不愿熄灭,激昂地爆发。然而一切总要有尽头,哭完喊完之后,哭得累了,倦了,该熄灭了,自语道:I hate this part。

这么复杂的情绪,配合着惆怅伤感的钢琴声,很撼动人。似乎是在东方的一往情深的古典平和与西方的自我张扬情感爆发之间做了一个混搭,很与众不同。

曲子似乎比较感性,但是歌词比较理性,刚毅了点,女权主义了点:很爱,却依然可以不去爱,去做自己的主人。

这差不多是我觉得今年听到的最好的一首歌曲。

love lockdown

很与众不同的歌曲。开头部分很低沉，像是在低声、疲惫又很忠厚地倾诉衷情。后面忽然高亢，是情感的热烈喷发，复又低沉，再又高亢。

听着听着觉得很像是一个很执着的小孩，一直在哭，哭累了，就一直低声呜咽，还嘤嘤自语。过一会儿又大声哭，情绪激昂。再哭累了，又开始小声哭，低低地执着地说："我就是要要……"

开头低沉，后来强劲的鼓点，多么像人的心跳！

而MV里的男主角守着一个偌大的空落落的房子，寂寞之情溢于言表；他一个人蜷缩在沙发上的神态，则足足写够了心中的伤痛。

很好的MV。

我有我的骄傲

I like MTV

Beyonce

Beyonce 总是穿得这么少，还那么露骨地扭呀扭的，我不喜欢。

非礼勿视，非礼勿动呀。孔子的话很有道理，如此方能保持心中一片清静啊。

美国人不这么想，他们喜欢 Beyonce 如此火辣的表演。

其实，100 年前美国人也很保守，《光荣与梦想》里面说那时候的裙子，是必须过膝的。

后来裙子就越来越短，社会也越来越性开放。

为什么会有这么巨大的变化呢？是因为压力越来越大的缘故吗？

他的忧伤

蓝色的背景，男声如此细长、真实、孤独、忧伤的似曾相识的忧伤。

低低地倾诉着的忧伤，孩子般纯真的伤。

多么熟悉的感伤。

一下子被击中了，仔细看才知道唱歌的人就是 Eminem，痞子阿姆。

一脸孩子气的他，声音却充满悲伤。多么的令人怜惜，这孩子般的忧伤。

没长进

周杰伦的新歌《雨下一整晚》，依然是中国风。周董唱歌的技巧越来越好，只是听完后觉得这和《青花瓷》《千里之外》是一个套路。

他显然是在重复，而不在创新。该批评。

Meet me halfway

是我最喜欢的黑眼豆豆的歌！可能是因为它的情感比较古典吧，合我这个中国人的口味。

对爱人如此真挚的呼喊和守候，穿越时空的守候，多么感人。

Fergie这么有质感的声音，合着带着伤感的旋律，唱得很动人，我喜欢。

这次Fergie还是穿得很少，不过这次我不反感。因为剧中她身处原荒森林里面嘛，穿得原始一点是合理的嘛。

Gorillaz

惭愧，竟然是第一次听到他们的音乐，不过我很喜欢。

听了他们在MTV的演唱会上的几首歌，非常喜欢。曲子里面有很多的从容，经历了诸多起落、磨炼之后的从容。

主唱的气质有点鬼马，幽默，当然也从容。

我喜欢这样的调，于我心有戚戚焉。

戴爱玲

唱功超强啊，声音如此有爆发力，飙起哀伤的情歌来教人动容。

有网友评论说，她之不红是因为唱歌的时候声音只是放，没有收，因此听起来不太好受。

其实我是觉得，唱歌的声音震撼些、有爆发力些挺好的，只是她的歌都偏苦情了，因此听了这么苦情且爆发的歌，心里就不舒服。

她完全可以既爆发又喜气，令人愉悦，招人喜欢。比如美国的Beyonce，Lady Gaga，Christina，唱歌都很有爆发力，也很振奋人心。

不知道名字的女歌手

MV 里面她身处美国西部，很牛仔，声音通透，有质感，有点沧桑。样子年轻，却很大气。

很喜欢这个女歌手，以至于接下来放 5566 的 MV 时，我很是看不下去：一帮大男人，怎么这么稚嫩，还不如个丫头片子大气成熟呢！

不看了。

麦当娜

4 minutes 的音乐超好听！麦姐的舞蹈也好看。

把歌词改改吧，别这么露骨的话，我就超超喜欢！

张震岳

他的音乐装着小老百姓的爱和愁，似面食一样，喜爱它的人就十分喜爱——陕西和河南人面条是吃不够的；不喜爱的人就觉得：啊，还行，尝一尝就好，但是老吃面可受不了——很多南方人就这样。

Pink 等等

发现自己：大怒的时候，情绪就像 Pink；小怒的时候，像 Jessie J；伤心的时候，像小刚周传雄；抑郁的时候，又像 Duffy；凄楚的时候，仿佛是关淑怡。

其实我非常希望可以开心得像花儿乐队，甜蜜如王心凌，温柔似王菀之，还硬朗得像滨崎步。

继续努力……

Katy Perry

她的新歌很好听，MV 也很好看！

这首歌很励志，很鼓舞人。MV中的男男女女胸中都有烟火喷出，直冲云霄，似是一腔热情或是信心和力量。此时旋律也达到高潮，非常振奋人心，我很喜欢。

只是心中失落：明明是中国人发明的烟火，结果却是美国人发挥出了这么好的创意。我们自己为什么几乎从来没有把烟火用得这么有创意呢？

青山黛玛

这是个亚非混血儿，歌唱得极好，但是样子有黑人特征，不合亚洲人的审美，因此她的MV里就难看到正面特写，而是小小的，远远的，模模糊糊的，或者干脆是一闪即过的画面。

她和Big Bang里那个男星（名字忘记了）合唱得极好！非常动听，听着听着我觉得像是形容白妞说书那样：

唱了十数句之后，渐渐的越唱越高，忽然拔了一个尖儿，像一线钢丝抛入天际，不禁暗暗叫绝。哪知他于那极高的地方，尚能回环转折。几啭之后，又高一层，接连有三四叠，节节高起。恍如由傲来峰西面攀登泰山的景象：初看傲来峰削壁千仞，以为上与天通；及至翻到傲来峰顶，才见扇子崖更在傲来峰上；及至翻到扇子崖，又见南天门更在扇子崖上：愈翻愈险，愈险愈奇。那王小玉唱到极高的三四叠后，陡然一落，又极力骋其千回百折的精神，如一条飞蛇在黄山三十六峰半中腰里盘旋穿插。顷刻之间，周匝数遍。

青山黛玛的声音就这么高高低低如此不能平伏，也不能停止地一路向前向前，明明是高亢明朗的曲调，却听得人心中满是失落和伤感。

节奏够快压力极大的地方，人与人之间的情感或眷恋就是如此地难以把握，令人惆怅，似樱花凋落一般，不盈一握。

拉丁音乐

我十分喜欢拉丁音乐，因其热情，奔放，令人愉悦。当然后来才知道，我这么喜欢它，是因为这样的音乐可以缓解忧郁情绪。

真是挺好奇的：不知道是什么原因使得这个民族如此奔放，使得他们的音乐这么热情？是如人所言，因为他们住在辽阔的热带海边，因此性情如此奔放吗？有机会的话，我一定要去拉丁美洲好好地看一看，是什么原因令他们如此开心。我真羡慕。

李宇春

2006 年去厦门的时候，同团有一个小女生，穿的衣服非常别致：上衣是绿色小花的纱衣，下面是军绿色带绑腿的裤子，明明上衣温柔淑女，裤子刚劲硬朗，搭一起却很好看。我忍不住羡慕地多看了她几眼。

后来我换了一件很别致的、像是带着两片蝉翼一样的上装——这种样式的上衣非常显瘦，所以我才买的，她就暗暗地看了我好几眼。这件衣服确实蛮别致的，已经有若干人夸过了。

后来我们在路上混熟了，开始聊天，互相表达对对方衣服的艳羡。这时候我才发现原来她和我一样喜欢李宇春，不喜欢张靓颖。我们就一直聊一直聊，很说得来。反正讲话都很率真。我俩还有个共同的爱好：都不喜欢穿跟别人一样的衣服。

人家说，有什么样的偶像就有什么样的粉丝，这话真是挺对的。看看我们两个就这么有共同语言，还这么轻易地就识别了对方。

2011 年，我却不喜欢李宇春了。我看了她的演出，这么的妖媚，我不喜欢。

原来永远，是这么难。

年度最佳 MV

我非常喜欢张惠妹的 MV《我最亲爱的你》。MV 拍得很简单：镜头里只她一个人站着，神情孤寂，自言自语，从头到尾都只她一个人，用肢体语言来表达心情，非常棒。

这比 Beyonce 那个 *All the single ladies* 的舞蹈设计还要好！我真是很佩服这个舞蹈设计的创造力：这么简单的动作，可以表达出如此丰富的内涵！如此新颖，流畅，自然，到位！

个人推荐此 MV 为台湾地区年度最佳 MV！

其实孙燕姿的 MV《愚人的国度》也很好，很有戏剧的味道，非常古典，深沉，和歌词很合拍。燕姿的舞蹈与旋律也很相合。

曲调很特别，乍一听像昆曲，比较幽咽低回，痴而痛。李偲菘的曲写得很棒，作词是我非常喜欢的李焯雄！

也可以一起竞争年度最佳 MV。不过个人还是倾向给张惠妹《我最亲爱的你》。

南国的秋天里，粉色的花朵

自由行走的花

《自由行走的花》是萨顶顶的歌，这首歌堪称千娇百媚，旋律奇异洒脱，优美，飘逸。我觉得这歌完全可以唱得很波西米亚的，一个人走天涯的那种自由浪漫的调调。

要是萧亚轩来翻唱这首歌，一定会唱出很不同的风格——很大气，很豁达，很亲切。我期待着萧爱娃翻唱这首歌！

或者让我新近喜欢的美国女歌手 Morgan Page 来翻唱，以她通透大气的嗓音，该可以唱出铺天盖地的气势吧！

漫天的自由

阿甘

看到谢有顺评论《阿甘正传》，他的观点是这部片子的核心内容是颂扬"弱者的美德"，美国社会"已经缺少了的美德"。

谢老师没有讲全啊。

阿甘其实就是弱肉强食的资本主义社会中诸多的个体罢了。Jerry 打工仔面对 Tom 老板的时候，可不是要备受斥骂，形象几乎等同于阿甘？而就算已经成为老板，面对投资方或客户，不也一样要看人脸色，和阿甘一样被人低视？

阿甘为梦想所做的努力，和世上亿万已经达到正常或者超常智商的人的努力一模一样。刚起步时总是很难，甚或要饱受嘲笑。所以要有极强的毅力与信念，长时间努力奋斗下去，方可能成功或者说做一些非常有挑战性的，一般人做不了的事情。

面对这些挑战的时候，心中自然经常有沮丧之意，仿佛自己卑微得不值一提。这和阿甘的境遇有何区别？

所谓阿甘，不过是面对世事时，有智慧的人幽默的自嘲罢了。艰难时要傻傻地怀揣梦想一个劲儿向前；被伤害也要相信爱，要懂得爱别人；不管世人如何尔虞我诈，我心中也要固守善念。人生中这么多痛苦，你得学会遗忘或者漠视，或者一直向前走，用好的未来替代坏的过去。

这和我母校清华大学的校训"自强不息，厚德载物"有异曲同工之妙。你看，我可是 16 岁就进清华，小时近乎被视为名人的，现在不也认为自己就是阿甘。

旅人

周星星的悲悯

与其怨愤世间多尔虞我诈，不如悲悯你我生存得如此艰辛。周星星一声叹息，在他的电影《功夫》中。

斧头帮何其凶残，却跳着最华丽的舞步；他强势，因为在没有法制的世界里拳头大的说了算；然而就算琛哥能草菅人命，依然掩不住他的超紧张与压抑，甚至挣扎无助。这是多么矛盾的生存状态。

物质的极度匮乏，工作的无限艰辛，以及与之相随的性变态，少少的爱，冷冷的爱，贫民社区的这么一点冷暖都不属于阿星。阿星告诉胖子他要杀人，要做坏事，要加入斧头帮，要金钱，要女人。一把匕首扔出去，戳在了自己肩上；要胖子帮他仍，还是插在他身上；胖子一着急举起了笼子，一群蛇却全都缠住了阿星。这一段让我想起一些佛教故事，似乎隐喻着一些道理：伤人者必先伤己。是这么个意思么？我没有办法直接问周星驰，只是分明感到影片中善恶的交锋，和隐隐的佛意。

想做坏事的周星星始终没有成功。他始终有善心在。他一棒子打向邪神，自己由此因祸得福，练就一身绝技。这里像是励志片，告诉你磨难是生命中难得的财富。

我喜欢这部片子，从头到尾的剧情和音乐堪称善解人意，很能抚慰观众渴求正义压倒邪恶的心思。周星星有许多的悲悯，在他的电影中。

阴天

有没有来由

《断背山》基本上没打动我，除了最后包衣服那一段——哪里是包衣服，分明是要把人包进心里去。

另一部讲同性恋的电影《霸王别姬》，看得我十分震撼。《霸王别姬》更多的是表现生的不易，以及在极度艰难的生存环境下，人与人之间的依恋与温暖——一种对整个生命的悲悯。

当时我觉得，如果小豆子不爱他师兄，不依恋他师兄，那他一定是活不下去了。

整个片子让人感慨，在复杂深沉的社会中，人是多么无助，爱是多么难得。当然，艺术，又是如此美丽的，通常可以让人用生命去追求它。

而《断背山》里的情感开始得没有来由，所以也就不觉得这感情多么让人动容。实际上我反觉得 Jack 比较纵容欲望的结果，是把自己和别人都带入了许多的不必要的悲伤：自己的被杀，艾尼斯的离婚，以及最后连个家也没有。

我反对这样无约束的生活。

另外韩国曾经大火的《王的男人》，也讲同性恋，味道是火辣刚强的，只是内容一样打动不了我。我觉得它和《断背山》一样，作者功力不够，并没有真真正正让观众明白：他们之间的情感，到底是怎样的，确切的，可信，或让人容易共鸣理解的、有来由的、深刻的情感。

相依

遗失的美好

我实在太喜欢韩国的这部《宫》了。

音乐好听，是因为和笑声很像。

画面好看，因为总是用暖红暖黄加暖绿的背底，温暖引人，容易让人想到炉火、太阳、新绿这些富有生命与暖意的词。

人也好看，因为是胶片拍的，朦胧，总有一层暖光打过去。

富有创新。片花变化不停，片尾小熊亦变幻，且模拟上集中场景，太有趣了。

剧中的彩静以及她的父母都很搞笑，夸张，幽默，重亲情，坚韧，热爱生活，爱一粥一饭，为人诚实善良实在，亦天真可爱，具法式浪漫，亦似孩子。

彩静有时像小和田雅子，有时像林心如，有时像林志玲。我喜欢她不畏强权，力张正义并且反击的样子。还有她吃饭吃得很香的样子，如孩子般撒娇的样子，背不出冗长的结婚礼仪，就在胳膊上写下来作弊的赖皮样子，我都很喜欢。

特别温馨的一家，充满亲情。

彩静的婆家，虚拟的宫里则是充满幽默与想象：太后一身儿长袍古装，端坐宫中，却拿着遥控器看肥皂剧，并且偷偷开怀大笑。门外侍立的尚宫们均是一身儿板正的西服套裙，精神抖擞，腰间却打个花呼哨，松松系一条红色腰带，俏皮搞笑。片尾介绍皇室成员时，搞得很有历史感，像纪录片一样。有很多汉文化的痕迹。如太后一张口就做首七言律诗，太子妃要学"四书五经"、《孝经》，要学古汉语。很多词与我们中文发音含义皆同。

整部剧富有想象力及创造力，无限温馨烂漫，充满真情，能满足小女生的一切幻想。

这无限的美好，有多少是我们原本有的，而这些年渐渐从生活中消失掉了的？

仿佛是旧时光

大地

本文中的设想源自一次乘火车时，看到的窗外江南江北的风景。

真不明白为啥那些布料设计师年年都设计条纹布料，横道道竖道道的，太简单太没进步了，穿上像个芝麻虫（谁扔的砖头？！）。

看看我的创意吧！

这个夏天我们推出的第一个系列是大地系列。该系列分两个色系：黄绿北方与红土江南。确切地说，"黄绿北方"是取材于华北平原上的麦田。这是我从火车上拍下的照片，各位请看。黄色是熟透了的小麦，绿色是还没熟的。而且从南向北，由近乎纯黄变到大片的绿，中间很多不同配色，即不同图案，可以给客户很大的选择余地。另外，由于黄皮肤的人不太适合绿色，尤其是深绿色，我们考虑还可以将这里的颜色羽化处理。Photoshop 里试过了，这个效果不错。

我们应该想办法揣摩和抚慰顾客的心理。目前国内的形势可以说是一半是火焰一半是海水。有许多大学生愁学费，研究生愁工作，白领愁房子，阔太太愁浪漫爱情。从中我们得到启发，就是要将服装设计得温暖些，再温暖些；亮丽些，再亮丽些；浪漫些，再浪漫些。我看这个金黄色就挺符合这些要求的。基本上，这是太阳的颜色，丰收的颜色，我想一般人应该不会很排斥。接下来就是要我们的宣传部门密切配合了。《霓裳》杂志的约稿要写好，门户网站的时尚版面要攻下，这么写：今年的流行色是暖色，生机勃勃的颜色，温暖人心的颜色。Cathy，Maggie，有劳你们了，谢谢。

另一个"红土江南"系列，是取材于江南。烟雨的，湿润的江南。红得像胭脂一样的江南土地，黑色的石块，绿色的草丛，还有竹林、树冠，湿润的空气背景，很令人向往。看图片，这里。染色是关键，Mike，你要费心了。色调要使人能很容易想到肥沃温润的泥土和新鲜嫩绿的植物。可以在前襟印这个图案，后面保持纯色。不要那么多圆领，女装要多V领，吊带，斜肩，尤其要注意下摆的用色，不能太亮。我们试试情侣装怎么样？看看市场有什么反应。

　　大致是这样了，希望我们的大地系列能在今夏取得好成绩。谢谢。

爱这大地的华彩

创意：如果我来设计奥运会开幕式

可分为三个篇章。

第一篇章：功夫，书法与茶

第一个节目是《少林飞毯》：夜空中少林僧人踩着飞毯凌空而来，徐徐落地，震撼全场（曾经见过一次这个表演，实在难忘，不妨拿过来用）。

第二个节目就是萨顶顶演唱《万物生》。萨顶顶的音乐比较创新，也比较和国际接轨。这首歌曲内容带有哲学与宗教色彩，亦有对生命最原始与本质的思考。最震撼的是为她伴舞的是少林僧人，这个可以和上个节目衔接。

第三就是太极表演。这个表演可以用张艺谋导演此次（2008年北京奥运会）的创意，但背景与伴奏可以更清明平和，更贴近自然。

还有书法表演。借用屏幕显示不同风格的书法，吊威亚令舞蹈或者武术演员展现相应风格的形体语言。看书法即是看性情，看舞蹈亦可看性情，很有意思。（这个地方如何充分使用高科技呢？）

我喜欢茶文化。中国为人所熟知的茶。太多歌曲都和茶有关。而这些歌曲表达了情义和仁爱，温暖和美好。这些就是中国文化。比方说民歌《冷水泡茶慢慢浓》是唱爱情的，《请喝一杯茶》是表达友情的，而欢快活泼很莫扎特的《采茶扑蝶》是歌颂我们劳动人民的……

场景是一面采茶，一面表演这些与茶相关的故事（这个场景又可以如何地创意出奇呢？）。

当然不是说直接将歌曲照搬过来，而是要加上编曲，或者改编，并且统一风格与衔接。我个人非常喜欢一个编曲的，叫卞留念，他给几个大的晚会都编过曲，个人特色很明显，做得也很棒，有点摇滚风。

第二篇章：且歌且舞

我想到了《踏歌》。它是个非常好的古典舞（群舞），歌曲和舞蹈都非常的优美从容，够古典文化，也够中国特色。歌词也非常美：

> 君若天上云
>
> 侬似云中鸟
>
> 相随相依
>
> 映日御风
>
> 君若湖中水
>
> 侬似水心花
>
> 相亲相恋
>
> 与月弄影
>
> 人间缘何聚散
>
> 人间何有悲欢
>
> 但愿与君长相守
>
> 莫作那昙花一现

这般古典，才是典型的中国文化。

还有《藏谜》。是杨丽萍在西部采风，将民间舞蹈进行整理之后创作的一组舞蹈，看过其中一段踢踏舞，她带着一帮藏族汉子跳踢踏舞，很惊艳，够原创，够时尚，与国际很接轨。

暂时想出这两个。与之有类似风格或内涵的歌舞，都可以放在开幕式中。

第三篇章：新时代的奋斗

印象很深的一次开幕式是 2000 年悉尼奥运会开幕式，一开场就是牛仔骑着马匹冲入会场，借此表达澳洲人的牛仔精神。后半部分则是大场景演出工业时代澳洲人的奋斗。

我们如何表达中国人的精神特质与家园生活呢？

不妨把尊重给数亿进城打拼的农民打工仔们，中国每年的 GDP 有一半或更多是他们创造的，是他们推动中国巨轮的行进。

想到某年春晚有个舞蹈节目，那是这么多年春晚所有舞蹈节目中，除去《千手观音》外，我印象最深刻的一个，好像就是叫做《进城》，表达的就是这些亿万打工仔的生活。

可否延伸开来，场面稍微大点，舞蹈依然如此灵动强劲，表达这些新时代的开拓者们？

还有便是今年（2008 年）的灾难，和中国人在灾难中的勇气和生命力。

不妨艺术地表达从天而降的灾难（可以频频吊威亚），和人们对灾难的抗争。十数个人，抽象表演即可，不必过于写实。

忽然灯光尽灭，全场陷入黑暗。

火炬手点燃火炬，复又光明。

那个在地震中救出数个同学的小男孩，在光明中与幸存者拥抱。

（关于点火：有次点火做饭的时候忽然想到，可以让好多人跳踢踏舞，借助压电材料来点火呀？这会儿忽然改变了主意，就这么在黑暗中点火吧！）

创新

大长今

《大长今》里韩尚宫培养长今的时候，曾经有过一个办法：找出100种咸味的野菜。

其实这是一个很好的培养创新能力的方法，简直就是百年前的"头脑风暴"嘛。

有天我忽然想到，既然流行音乐是要表达不同的情绪或者情感，要是我来学作曲，就先这么锻炼：写出50种不同的情绪来。

等我退休了，再这么做吧！

萨顶顶谈音乐创作

萨顶顶谈到音乐创作，说到如何创作特别的声音，举例说，小狗的叫声和汽车喇叭的声音都可以变成不同的音符！

难怪她的作品这么与众不同。

那天她穿的衣服几乎是红绿配，其实上衣是黄绿色零星小花的，裙子是红中带黄，两种颜色都是淡淡的，不冲突，但是配色又很大胆，别致。

我喜欢。

萨顶顶是一个爱思考的人，她的作品将宗教音乐和现代电子音乐结合起来，而且融合得特别好，所以能在国外拿奖，开演唱会，还被格莱美主席邀请。这一切都源于她的作品富有创新力，也是她能走国际化道路的原因。

Rockefeller

Rockefeller 在给儿子的信中说：克服绝望的方式只有一种，那就是持续创造出各种可能性以跨越障碍。简单地说，希望源自相信有其他选择的存在。

深受震撼。

这种能力，可以称之为创新能力。可我们刻板的传统教育，却缺失了这种能力的培养。

芒果台和浙江台

湖南卫视经常搞一些激烈又残酷的选秀，深深吸引着观众。虽然这些节目引人，却实在让人有点不忍。他们的选秀节目这几年频频被曝出内幕，背后操纵比赛结果的做法让人心生厌倦。这个时代已经够残酷的了，怎么看个电视节目也这么让人看不到温暖和公平？

浙江卫视却用《爱唱就会赢》的节目来不断捐出公益金，当时看到我就被感动了，这样的年代，还有电视节目如此引人向善，真好。

浙江卫视的台柱主持人朱丹和华少，以及他们的主持风格，也明显要颇多人情味，令人觉得温暖。

所以一度我不看"芒果台"，爱看浙江卫视。

可是最近浙江卫视开始学"芒果台"，大搞演唱比赛，残酷程度不亚于"芒果台"但精彩程度和节目的多样性又不如"芒果台"。所以，我又开始看"芒果台"的节目了。

浙江卫视为什么要丢掉自己的文化特色，去学"芒果台"呢？让残酷留给"芒果"，把温暖留给自己，不是很好吗？

有特色，不断创新，才能吸引观众啊。

卡拉永远 OK

《挪威的森林》

那次唱 K 的时候，看着屏幕上这首歌的歌词，我忽然想到了渡寒的小说《说故事的旅人》。

渡寒是台湾大学才女，文章灵动绮丽，颇有魏晋之风。《说故事的旅人》讲的是男人旅游回家之后，女人和他聊天，聊着聊着女人就猜到他遇到了一个说故事的旅人，那个人有着一双令他牵绊的眼睛。文章写得很朦胧。

唱到这首《挪威的森林》的时候，我忽然明白了，她要写的是什么——就和这首《挪威的森林》一样有着对所爱之人的疑问：你的心中是否有着我不曾到过的地方？那里湖面总是澄清，那里空气充满宁静……

《老男孩》

80 后的水瓶座同事小何唱起歌来，颇有沧桑深沉之况味。他唱的这首《老男孩》真是撼人。

> 青春如同奔流的江河
>
> 一去不回来不及道别
>
> 只剩下麻木的我没有了当年的热血
>
> 看那漫天飘零的花朵
>
> 在最美丽的时刻凋谢
>
> 有谁会记得这世界她来过
>
> ……

如若把老男孩改成老女孩的话，这首歌就也挺适合我的。

老女孩，加油！

《太委屈》

强悍的天蝎座同事赵 mm 唱了这么柔弱的歌《太委屈》，我真不习惯。

我说她："你委屈个 P 啊！"

她回我："那你刚才还唱伤心的歌，你伤心个 P 啊。"

我笑着没话说。

谁晓得风平浪静之中，又有多少波澜起伏、暗潮汹涌？

《我们都是好孩子》

第一次听到这首歌，是听黄老师唱的。她唱得真好。回来后我特别去听了原唱，原唱不如她唱得好。原唱太柔了，没有唱出沧桑坚韧的质感。大约有阅历的人，才能唱得好。

黄老师说过，她可爱哭了。嗯，我们巨蟹座的人就是这么爱哭。

我们都是好孩子啊，学不会仇恨与冷漠，总是在泪水之中眷恋着薄如蝉翼的这一点暖。

相守

读《周围——她的花》有感

　　《周围——她的花》是我在网络上看到的一篇文章，作者朱青桐。读后深有感触，做了如下点评。

　　她的屋檐下，摆满了花草。花草是平常不过的花草，节节高、月季、菊花、茉莉、米兰、栀子、绣球、杜鹃、清香木等等。花钵却五花八门，装水果的废竹篓、烂脸盆、瓷盆、木箱子、塑料盆都给她收拢来，做了正用，个个由巧手配置，妥帖不过。（如此寻常的花，简陋的花盆，一般人大约是一掠即过，不复上心，她却见出其中的巧手与妥帖，以及希望，对生活的深切热爱，这一切都令我们觉得文字美好，人生美好。）花草看起来就比养在小小花盆里要长得野气伸展，花也开得恣肆。（有个性，有生命力，纵然处境微寒，却足以教人欣赏，青目。花如此，做人也该如此吧！）绣球团团红灿。节节高枝枝顶上戴花，俗艳热闹。米兰一粒粒微绽，奶黄润泽。栀子白得如清水洗过，香从风中滤过，清氛四溢。（青桐写过香叶子树的香，是沉实不散的香，密实厚重的香。这里的香是从风中滤过的，清淡，纯净，有着风的凌厉的香。这些香气到了她的笔下，就多了这么多的力度，和重量。如此不俗。）

　　我起先并没注意过她的花草。去冬漫长的冰雪天气，万物凋敝，而她的花草们在屋檐下仍披红着绿（快赶上"绿肥红瘦"的妙了！），生机盎然。在灰暗的苍穹下老远就见红光耀耀，叫人眼睛不由放亮。我有些吃惊，于是有天走近一看，确乎是假花，红的绢花。而枝叶是真的，被她高高低低地插着红花，错落有致，俨然是活生生的开放。那些天，这些花们是冰冷无边里的慰藉。每天过身，看它们红艳艳立在冰天雪地里，情绪也就不能任由自己沉溺在低落里。（生命与希望，是永恒不变的文学内涵。青桐的文字，也总是令人觉得温暖，尘世冰冷之中的温暖。）

我一直没有遇到过她摆弄花草，准确地说，我一直没有碰到过她，也就始终不知她长什么样子。在我想象里，她可能六十多，和善平常的妇人，但眼睛一定还有光泽，甚至光芒里还有一点天真。（我觉得青桐应该是三四十岁，一定很和善，眼神一定很温柔，但明亮，深沉。）

一群小蒜的梦想

我找到的那扇门

忽然一个问题缠住大脑：《红楼梦》到底是怎么写成的？其间作者经历了怎样的心路历程？翻来翻去，试图找到答案，结果一下翻到了第五回。

这一回就交代了这本书的结局。实际上这种安排在很多小说中是非常忌讳的，早早预知了结局，让人没兴趣看下去。

《红楼梦》却不怕这个。它整部书的推动力不是靠悬念，而是靠它固有的内部张力。这张力决定了它的整体趋势是下滑的，寥落入骨的：长期的小虫所蛀——在文中可以体现为家长里短，大小私事，纨绔不肖，风月无边——经年累月到最终便是摧枯拉朽，大厦渐倾。

那难道非提前交代结局不可吗？不是这样的。

看那警幻提醒宝玉："若不先阅其稿，后听其歌，翻成嚼蜡矣。"说毕，回头命小丫鬟取了《红楼梦》原稿来，递与宝玉。宝玉接来，一面目视其文，一面耳聆其歌曰……

说到这里就明白了，曹雪芹生怕读者看不明白他这部奇书，没兴趣读下去，因此先半吐半露地跟你说：你看看他们这些人富贵一场，恨爱一生，最后不过都这么着了啊。这就是我要给你们讲的故事呢。作者就是如此吸引并讲解着让读者好读下去。

那曹雪芹他具体要讲些什么故事？要我们读者来看什么？且看他一边导读，一边在《红楼梦引子》中说：

"开辟鸿蒙，谁为情种？都只为风月情浓。趁着这奈何天，伤怀日，寂寥时，试遣愚衷。"因此上、演出这怀金悼玉的《红楼梦》。

那么这部书的初衷，就是要写个"情"字。

《终身误》："都道是金玉良姻，俺只念木石前盟。空对着，山中高士晶莹雪，终不忘，世外仙姝寂寞林。叹人间，美中不足今方信。纵然是齐眉举案，到底意难平。"

《枉凝眉》："一个是阆苑仙葩，一个是美玉无瑕。若说没奇缘，今生偏又遇着他，若说有奇缘，如何心事终虚化？一个枉自嗟呀，一个空劳牵挂。一个是水中月，一个是镜中花。想眼中能有多少泪珠儿，怎经得秋流到冬尽，春流到夏！"

这当是他最根本的出发点。只是他写着写着就发现，要写"情"字，就得写写情侣，也就是些痴男怨女。要写这些痴男怨女，就得给他们活动的空间与场景。那就得写到侯门、红楼，那就是贾府。作为作者，他避不开这么个逻辑路子。

那好吧，整部书就得从贾府写起。

具体怎么个写法？不能直截了当来一句"话说这金陵城中有一处大户人家"，作者自己嘲弄够了历来老套的言情小说，他如何能够这么俗不可耐。

那就要想办法找点人事来和贾府发生点联系，作为开篇的线索。

还是看作者自己的说法吧。第六回："按荣府中一宅人合算起来，人口虽不多，从上至下也有三四百丁；虽事不多，一天也有一二十件，竟如乱麻一般，并无个头绪可作纲领。正寻思从那一件事自那一个人写起方妙，恰好忽从千里之外，芥豆之微，小小一个人家，因与荣府略有些瓜葛，这日正往荣府中来，因此便就此一家说来，倒还是头绪。你道这一家姓甚名谁，有与荣府有甚瓜葛？且听细讲。"

看看，作者很是知道该如何组织他手头以及脑海里的材料呢。

那么具体他是怎么找出合适的线索并组织材料的呢？充当开篇线索的这人是谁？

这人不止一个呢。先是贾雨村、林黛玉，接着是薛蟠、薛宝钗，然后是刘姥姥。

雨村是最早被派去与贾府发生联系的人。

石头，作者自喻出来，故事开头。扯到石头与一僧一道，以及士隐。士隐与雨村有交情；雨村给贾家的侄女儿当家庭教师，还要护送她去贾家；雨村发迹，断葫芦案，扯上贾薛二家，引出宝钗。

好吧，等到把黛玉、宝钗都送进贾府，那"怀金悼玉"的故事就可以上演了。

（实际上作者一定要长长久久地把他们留下来，比方说写黛玉父母双亡，比方说宝钗家她哥哥自从到了贾府就"可以放意畅怀，因此遂将移居之念渐渐打灭了"。）

刘姥姥呢？她去贾府打了回秋风，借她的眼写的贾府自然又是另一种层面。

于是几经周折，曹雪芹的笔端终于从石头说话开始，一路探触到了贾府、荣府。这部怀金悼玉的红楼一梦，就此上演了。

王安忆说，她看小说的时候总要去找一扇门，这扇门打开，整个故事的走向就豁然开朗了。不记得她说她找到的门是什么，我觉得我找到了我的那扇门。

后记

先前我自己也写过小说。初时只是想写个爱情故事。但是越写牵扯到的内容越多，心中的感悟和想表达的内容也越多。最初只是想写两个女子，与一个男子之间的纠葛，以及这种纠葛折射出来的性格上的区别。写着写着就发现，这些性格的背后有着价值观的不同，以及传统文化和西方文化冲突的影响。于是发现越写内容越多，初时只是写恋爱，后来简直要写人生、社会，以及历史的变迁。简直是不得不写成中篇或者长篇了。

于是这篇小说就成了残篇。

那么经由此番心路历程，再来思考《红楼梦》成书历程与写书动机或者意图，在做了以上的思考之后，我渐渐认为：

这本书写了许多年，那么最初的写作动机可能会渐渐改变。

最初的人生体验和想宣泄的，当是如作者自己所言，是"风月情浓"，或者说是对情的困惑与挚爱。但随着年岁增长，经历人世沧桑，对人对世界都会有诸多感慨。如刘姥姥的形象，我想作者年轻的时候，对人世所知甚少，一定不会浓墨去写的。还有乌进孝的插曲，也当是人到中年之后，看够世间沧桑与生存的艰辛，方能有的认识。于是不经意间，作者就写尽了人间万象，教人感慨。于是最终的画卷除去美丽的女子与凄美的爱情，又多了这么多的恩怨与起落，聚散与伤痛，社会与人生。

《收尾·飞鸟各投林》："为官的，家业凋零，富贵的，金银散尽，有恩的，死里逃生，无情的，分明报应。欠命的，命已还，欠泪的，泪已尽。冤冤相报实非轻，分离聚合皆前定。欲知命短问前生，老来富贵也真侥幸。看破的，遁入空门，痴迷的，枉送了性命。好一似食尽鸟投林，落了片白茫茫大地真干净！"

以上这些基本都是由于我自己亦写过小说，因此不由自主就会从自身的角度去理解、猜测、判断。大致如此吧。

另外

从我自己写小说的经验以及对文字的感觉来看：

整个故事向下的基调，当是作者自己人生观与阅历以及性格所致。是他本身的状态决定的。在写作的时候，这简直就是一种不可抗力。

另外这部书写了十年，十年的光阴除了将一个稚嫩的青年人打磨成沧桑老到的中年人，还将他的文字从外露与主观的描述，磨炼成了冷静与从容的客观描述——

第八回宝玉宝钗比通灵，则应当是作者早年间写的，因其文字比较不如后来老到，能感到作者冷眼旁观的视角。比如说宝钗 "见到周瑞家的，脸上堆出笑来"，这个太露骨了，和他后来的文风还是比较有距离的。另外这一回的风格还是相当的通俗香艳的，和整部《红楼梦》的格调有出入。

而第六回，刘姥姥那一回。作者完全从刘姥姥的视角观看贾府，彻底入戏，是很娴熟的写作技巧。这应当是他后期的作品。

甚至是第一回，也是比较靠后的时间写成的。这一回的文字非常的简练，老到，决非青年人所能达到的从容与深沉。另外作者自己也曾经说过，他要找个 "头绪可做纲领"，那么这个纲领也只可能是在他已经有了所有素材之后才可能去写就的。这个开头，反而最后写成。

一棵树的华章

不管世事如何，良心和道德总会在时间的长河里跳出来，让坏人或者做了坏事的人心有忏悔。

所以说，坏人曾经承受过的，和正在承受的，以及将来要承受的压力，是好人不能想象的。

Jianghuxing
江湖行

2008 年的故乡

福贵

我买了几乎全部余华的小说，寄回家去，父亲非常爱看。

"《活着》后来被拍成电视剧，名字就叫《福贵》。"

"哦！原来《福贵》就是这个呀！"我忽然想起，有次瞧见有部电视剧是这个名字，当时只是扫过一眼，并没有细看。

可是福贵岂止是在书中和电视剧中出现。我分明瞧见，那么多的"福贵"，他们又叫作张彦昌，叫作文林妈，叫作玉花，叫作小龙……他们就在我的左邻右舍，他们就是我的近亲好友。

我忽然恍惚起来：莫非我自己也叫作福贵？

大约是一定的，至少我曾经叫作福贵。

生死场

乡下的夜晚十分清静。只有风吹树叶的声音，和偶然汪汪的狗叫，让人睡得很是沉稳。

忽然有一阵鞭炮，噼啪爆了起来，听起来非常的近。

这时候并非逢年过节，放鞭炮不外是有了喜事或是丧事；喜事是在白天，而此时已是子夜，那显然是有人刚刚去世。

那鞭炮响得近，似乎就在隔壁。是小义的奶奶去世了吗？他家如何又如此平静？是早就预料到了吗？

二楼只我一个人住。窗户开了一半。纱窗挡住了蚊虫，却挡不住夜晚的黑，和这黑暗，以及刚刚宣布的死亡，带给我的恐惧。

我辗转反侧，良久都不能再入睡。

清晨起来，听说是杏山沟的张彦昌去世了，昨晚的鞭炮便是为他放的。家附近曾是一个大庙，按老风俗，到了这里必须要放炮。

煤矿出事，独他一人死于井下。矿厂为了瞒住消息，私下赔给他的家属62万元，让他家人悄悄去料理后事。

"一辈子也挣不了这么多钱呢！"

"钱再多又怎样，人没有了啊！"

他家中长子已快成年，幼子尚不满1岁。从小便没有了父亲，纵然将来有个继父，也是难以弥补的伤吧！待这幼子长大懂事，晓得自己用的是父亲用生命换来的钱，该是何种滋味？

金声忽然叹气："不如我也去塌死算了，好歹给孩子些钱。"

老林和他的大儿子小东也是在这个矿上干活。上一班是张彦昌，下一班就是他们。不过是一会儿的工夫，他们和死神狭路相逢，又好运气地擦肩而过。

出事后父子俩回到家里歇一歇。不过是几天的工夫，小东的媳妇翠花又开始吵闹，一会嫌小东闲着不知挣钱，一会骂公公婆婆偏心，给自己家只铺了一间地板砖，却给小儿子铺三间地板砖。

她扛起了锄头就去小叔子家，要砸地板砖。

"赶紧去煤窑吧！"老林对大儿子说。

那场事故才过去，张彦昌刚刚下葬。

鞭炮声又突然响起，将我从梦中惊醒。又是子夜时分。是张彦昌的"头七"的炮声吗？

夜沉沉，黑暗里我无尽盼望着白天的到来。

清晨的太阳驱散了夜晚给我的害怕。这朗朗的晴天却飘来了另一个死亡的消息：文林的母亲昨天喝了药，送医院而不治，这炮声便是为她放。

几年前老太太偏瘫之后，一只腿一直都不灵便，但生活还能自理。前几天摔折了另一条腿，儿女不在跟前，老头子忙着农活，一时无人照顾她。

她正打着吊瓶，邻居家十岁的林娜在她这里玩。她让林娜把杀虫剂拿来给她。她喝了下去。

她喝完后却告诉林娜："快让老头子来，把我送医院。"

先送去村里的卫生所，玉要大夫解救不了。又送去镇上，继而又去县城，医院统统都救不了她。

小儿子文林如狼一般的号啕大哭。

大儿子心武此时正在广东打工。夫妇俩都迷上了赌博，越赌越输，债务已有十几万元。去年老母亲病重，心武在电话里哭，却拿不出钱来。

小儿子文林在镇上开有特色菜馆，常有山野菜肴，一时在十里八乡颇为有名。门面很大，却说债款也多，总也没有钱给母亲。

老太太和老头子一起过活。老头子忙着种油桃，还要照顾老太太。

"她早就说了要走在我前头啊，她说我要是走了，就没人照顾她。"老头子说着。花白头发的他，在老妻故去之后，无声地坐着摩托车去镇上采购，给她准备丧礼。

"那个林娜也真是……怎么会给她杀虫剂？"

"嘿嘿，她以为是吃的药呢，也不清楚，就给拿了。"

"是这样啊。"

阿光和阿花在溪边洗刷，一边笑着聊天。

乐器声响起，是请了吹打手来奏乐。第二天又有电子礼炮轰隆轰隆地震天作响。真是个隆重的丧礼。

什么时代

"大渠里刮下来了个死人！"

阿国从南边过来，带回了这个消息。

已近傍晚，风声渐起，乌云笼罩，眼瞅着一场雨就要来了。

阿光和老彦却各骑了辆摩托车，呜一声南去看热闹了。

此时文林妈才刚下葬。

那条大渠浩浩荡荡地穿过村落向南而去。水深常能没顶，两边却甚少护栏。

"很少有人能掉进去死掉的啊！"

"怎么没有！许治不是喝酒喝醉了，摔一跤掉进渠沟里，淹死了！"

"还有陈声，和家人生气了，怀里绑了大石头，掉进去，也死了！"

几天后才听说，死了的是曹家一个年轻人。癫痫发作，落入水中。一天后才浮出水面，面目肿胀，一只眼已被螃蟹抠去。

他家和他家血缘比较近的几家，男子几乎全都死于非命，或者重症不治身亡。

"他们这门儿人可算是完了！"

连鞭炮声也没有，更没有丧礼送葬。这个曹家的人，不知葬于何处。也许早已送去火化了吧？那骨灰一捧，又会撂在哪里？

不过是三个星期的时间，死神就来了三次。

玉花

村民十有八九都在外打工。

回来后没有见过邻居小光。"他去东北了。"

他不是一人去的，去时携了邻村的一个女人。那女人家有两子，还有一夫在外打工。小光也有一子，秋天就要读高中，媳妇玉花尚在家中，坐着轮椅，已有十几年了。

玉花在人前依然笑意盈盈，在家中却是哭了又哭。十多年前一场车祸，令她从此只能坐着轮椅。这车祸带来的赔偿盖了房子，就是现住的这一院平房，将来要留给儿子志明娶亲的。小光平日操持家务，打理苹果树，闲时再去不远处打些短工，贴补家用。多年来玉花虽不能动，却是一脸笑容，小光幽默的笑声更是老远就听得见。这日子还能过得。

只这日子却忽然断掉，像是有人拉下了电闸。

"他是不是就不会来了呢？"

"浪荡两年，他就回来了！"

"他还会不会给志明寄钱？"

"那怎么能不寄。"

婶婶倒是不觉得奇怪。这些年来她和四叔相隔两地，各自南南北北去过不少地方，打工时也看过太多人家儿的支离破碎。"这社会就是这样，有家没家的，都一个样！"

夜晚倏地来临。玉花吃完了饭，推着轮椅坐到门外。屋外是黑魆魆的田野，两个红灯笼挂在门上，发出幽幽的光。

吉星高照

海龙和小凤两口子照例不在家。他们在外打工，已有十多年了。40℃的炎夏，西安的建筑工地上，海龙如蜘蛛人般吊挂在高楼墙外，脚踩木板，挥着刷子刷墙。那木板离墙有些距离，手若碰到墙上，木板就会被弹出好远，像是高空秋千般惊险。小凤则一度在新疆打工，海龙离她太远。海龙无聊时便去录像厅看不寻常的录像，看着看着便不知怎的有女子和他黏在一起。他们那一拨人，不少人都是如此，自然见怪不怪。

后来便有不好的病找上他来，不时要去买药。小凤自然晓得，两人却依然过了下去。他们的儿子小龙也已渐渐长大。出生时的兔唇经过了手术，并未全好。小龙有时会埋怨父母："长大了连老婆都娶不到！"可至少，他还拥有健康。这已是一笔不小的财富。

苹果熟了一次又一次，海龙和小凤在外也待了一年又一年。家里也是院门紧锁，锁已有锈。过年时贴的对联，已然泛白。门口的泥地上已经长了许多杂草。

"小龙去青岛当保安了，是跟着一个私人老板。有人抢劫老板，他去护着，结果被人砍得不成人样。那些家伙怎么总照头上去砍……"

"别说了！再说下去我都吃不下饭了！"

没有再听下去，也就不知道现在这一家人身在何处。只看到院门一日一日的锁着，野草长上了墙头，白雨洗浅了对联。

小侄子却偏偏喜欢让人给他讲对联。抱着他路过小龙家门口，他就指着他们门上的对联，非要讲讲。我只好告诉他，这是春安夏泰，就是说天天都高高兴兴的意思。这是吉星高照，就是说家里有很多个神仙，保护我们，不让蛤蟆来吓我们……

然而那个神仙，却又在哪里呢！我看着眼前这院空落落的房子，渐渐地觉得嗓子很干，仿佛就要说不出话来。

清晨

在城市

那个阿姨，或者说，阿婆，每天中午都在食堂门口摆摊卖报纸。从来没想过她多少岁，看样子是退休后闲不住来卖报纸打发时间的吧。

直到有一天我在清华南门看到了她守着报摊吆喝着卖报。"咦，你怎么到这儿来了？"我很好奇，像发现了新大陆，恍恍惚惚地看着她，还生怕自己认错了。

那天不知道热到三十几摄氏度，下午三四点的街头，空气又蒸又黏。她晒得满脸通红，这时我才注意到她满头银丝，大滴的汗挂在脸上闪闪发亮。

她笑着说："我都在这儿卖的，中午才去你们那儿。"

"哦，这样。天儿可真热，您也不在家歇着。"

"呵呵，没法儿歇啊。我孩子小，在上初中，我又没退休金。"

真没想到她孩子这么小！卖报纸能挣多少钱呢？

"一天能卖几百块吧？"

"卖不了！你看一份报纸才几毛，卖一百块就不错了呢。"

我不再多问，买了报纸就走了。早知人世艰难，做母亲的尤其不易。十几年前我读高中，弟弟读小学，父亲在县城进修，工资不到 100 元……母亲就是在比这还酷热的夏天上山摘槐树叶子去卖，就靠这个收入供我们一家，槐树叶子晒干后才两毛钱一斤……母亲说那年秋天她的面色是黑亮黑亮的。

十几年过去了，我博士毕业了，可以寄钱给父母了。村里人羡慕我妈有福气，婶婶对他们说："你们那是不了解人家，不知道当年人家受了多大的罪！"

后来，我经常去那个卖报纸的阿姨那儿买报。她普通话说得很好，我一直当她是北京人。直到有一天听到她跟旁边卖水果的人讲起方言，我才知道，原来她是唐山人。那她的孩子该是在唐山读初中吧？她这么老远来北京挣钱供孩子读书……做母亲真的不容易。

也不知道她住在哪里，一日三餐是怎么安置的……想来应该比较节俭吧。记得那天在南门，看到另一家报亭，两口子守着，男的收钱，女的在小小的亭子里面炒菜，旁边放着煮好的面条。看样子，是农村人。炒的是一个素菜，好像是青菜炒鸡蛋。对城里人来讲这饭菜太简单了，可是对他们来说，该是月月如此，年年如此。要知道，搁以前，只是靠种庄稼生活的话，这饭菜是农忙的时候特别的菜肴，尤其是给出大力气的父亲吃的。我们这些小孩，偶尔可以跟着沾光，那也是在很小的时候才有这个特权的。基本上，上学之后，这种特权就被取消了。

后来人们就都想法进城，像嘉莉妹妹那样。浪漫点的学生有想着追逐梦想，现实些的村民不过是要讨生活。这个城市车水马龙，喧闹吵嚷，还显得拥挤不堪。走来走去的我们，穿梭于浮华贫瘠之中，像是游历了两个世纪。这很好，我们的民族在不断地交流融合，真是大时代来临了——只是显然，这个时代要我们有着足够的坚毅和隐忍。

冷蓝 金黄

那天很不开心，习惯地去万圣书园买书解忧。

走到艺术类书籍处，找一套我十分喜欢的欧版画册。一边找一边跟导购的店员说："这是我很喜欢的一套画册，以前买了送人的，现在也想买来自己看。"我也不知道我怎么那么喜欢说话。实际上当时旁边还有一个叔叔和一个阿姨，在找颜料画具古典书画。阿姨说："看来这儿是没有了，不知道图书城会不会有。"我就插嘴说："有的，那儿有个雪芹书画社，卖这些东西。"阿姨看着我说："谢谢。小姑娘喜欢绘画？""喜欢啊——"

我扑啦扑啦地翻着一本关于达·芬奇的书，认真地跟阿姨说："你看这头像，女孩的头发画得像金属丝，有质感，特别喜欢。"又翻起林风眠的画册："你看他的画，特别搞笑，每次看了我都要哈哈大笑。"阿姨很认真地听我掰扯，不时点头。这时旁边那位不起眼的瘦削叔叔插话说："是的，林风眠的画的确比较夸张，很幽默。"阿姨则跟我讲："这一张画的是皮影戏。"——哦，我刚才说那是个刀马旦，拿着刀像要去砍人。

我问阿姨："您是学画画的吗？""不是。他是学画画的。"指着旁边那个叔叔。

我一下子不好意思起来："呀，我班门弄斧了。"

我一时颇有点窘，阿姨却说："看这小姑娘，性格多好，挺豁达的，性格真好。"

真是第一次听有人这么高度评价我的性格和心态。我开心得像个孩子，揪住那个画家叔叔问："都说梵高的《星空》和《向日葵》是杰作，为什么呢？""那是因为从画中可以看出梵高极其热爱生活，那是一种很热烈的近于疯狂的感情。也就梵高能画出那种画。"原来如此！醍醐灌顶啊，我很开心。

拿着画册挑挑拣拣中不停地聊，最后和他们两人道别。临走，那个阿姨还一再地说："小姑娘性格真好，真豁达。"

基本上那是去年为数不多的让我感到放松的时刻之一。唱着歌回到所里，眼前像是金光灿灿的，放着光芒！

后来的后来，又被拽回如此压抑的环境之中，紧张抑郁得我几欲拔腿逃跑，兴味索然得什么都提不起劲儿。而周围的人，一个一个比我还要难受十倍似的，活力仿佛彻底从他们身上逃走了。交谈中谁都有一肚子的苦水，还冰凉冰凉的。无限苦恼之中，我想起那天在万圣，一位阿姨给我的温暖。也在心里，一遍一遍地想，其实，我是多么渴望，哪怕一句，热情的话。其实我也知道，大家都一样，有同样的感受，不是吗？

冷冷的蓝慢慢褪去，金色的光芒渐渐笼罩了整个心田——当年的梵高，是不是就是这么心有所感，才画出那么灼人的《星空》和《向日葵》呢？我只知道，曾经一刹那，我眼前就是这么金灿灿的光和暖！

唱歌的小姑娘

一个礼拜以前的一个傍晚，我在回家的路上，听到前面马路边有人唱歌。

很甜美的声音，唱着一首似曾相识的歌。唱歌的是个小姑娘，穿着中学生的校服，扎着个马尾辫，拿着麦克风，从容地唱着。路边的灯光打在她的脸上身上，映出一脸的纯真。

她脚下铺着一张写满字的纸，大致看了下，情况是这样的：她还在读高二，母亲却得了很重的病，家里没有办法继续救治母亲。她只好用这种方式来寻求帮助。

旁边还有一个纸箱，里面已经放了不少钱。

再看她一眼，她依然在从容地唱着歌，瘦瘦的身影却像是散发着迫人的光辉。不知怎的我居然感到震颤，不假思索地放了十元在那个小纸箱里。

她依旧唱着歌，只是稍微停顿下来，冷静地说了声"谢谢"，又接着唱。

我转身回家了，心中却久久不能平静。

在深圳见过很多路边唱歌的，我几乎没有奉出过钱。因为我在他们脸上看不到诚意和纯真。这个小女孩却让我感动，我霎时就相信了她，甚至，是喜欢了她。

回去的路上我一直在想：如果换了是我，母亲重病，我在读书，我能这么去不管不顾地救助母亲吗？我能有她的勇气、孝心和这么从容不迫的冷静，以及这么光辉逼人的纯真吗？我能吗？

答案是不能。在一定程度上讲，我实在不是个孝顺的好女儿，我是到了三十岁还会跟母亲顶嘴的过于倔强的坏女儿。是的，我没有她这么多的孝心。我没有她这么好。

到家的时候，我还在想着那个女孩。这时候我很想再返回去，想给她放 100 元。我还很想，和她说说话。

后来因为一件小事打乱了这个计划。一件琐碎的无聊的事情，却让我十分气恼。又想起了一些本应该遗忘的伤感，最终让我一场恸哭。之后，天已经很晚了。还是惦记着那个小姑娘，可是太晚了，我不想再下楼，再走两百米。

明天吧，明天晚上我再去找那个小姑娘。我这么说着，就准备休息。

然而，在第二天，第三天，和后来的很多天，我再没有见过那个小姑娘了。再从她曾经唱过歌的地方经过，依然是路灯打了过来，照着喧闹的夜市，而那个小姑娘再也见不到了。

这个时候，我开始后悔，为什么没有给她多放一些钱。

可是这后悔，又有什么用呢？

微蓝

理想这个词

仔细想想从小到大从来没有英气十足抑或面色毅然地说过我的理想是如何如何。

有过梦想，梦想着变成一个睿智无比的科学家、发明家，小孩儿学的课本印着我的名字——那是小学时候的营生。

十岁的时候痴迷《西游记》，无限崇拜孙悟空，和他的扮演者六小龄童；做梦梦到我的王子骑着白马来我家找到了我，还很狡黠地笑着。长大了嫁一个悟空这样正直又有本事的丈夫，不知道这个算不算模糊梦幻的客观描述，也算是一个理想？

几十年的时光倏忽就过去了，青春小鸟一去就不回头。不经意间脸上就写就了沧桑，天真是刻意撕扯着留住的一丝为难，忧伤是拽住天真时椎心的疼。熟悉的家乡越来越远，我的梦中之城，凸现着它的笑容，让人憔悴让人欢心地奔向它去——

不要问我的理想是什么，只知道神把我放到这个世界上来，是让人不停地去追逐梦想，去破茧成蝶，去向往光明，和那光明背后无限温暖安稳的梦想天堂。

黄黄苗

我们老家的人管蒲公英叫黄黄苗，它的根和叶洗干净后可以熬成凉茶喝。老家的说法是这样可以退祛火气。

初中的时候，学校每年春天放假都要让我们去地里挖，随后交到学校去，洗净了熬成茶，每个人每天都要喝的，夏天的时候差不多每天要喝一大碗。

记得初一的时候，我带了锄头和篮子去河边挖黄黄苗。才六岁的弟弟，一定要跟着我去。我挖，他拾。后来他开始使任性，非要他自己来挖。天气刚开始变暖，中午很热。弟弟要脱棉袄，我坚决不让，非要他穿着。因为我怕他感冒。我一路就这么霸道地管着他，弟弟只好乖乖地听着，满头是汗也都没有脱棉袄。

高中是在县城，学校不让我们去挖黄黄苗了。春天的时候回家，母亲把黄黄苗切碎，拌上面，加盐，炸成块。一放假回家，我就吃好多，苦中带香。

这些年一直在外面，母亲还记得我喜欢吃这黄黄苗做的饼。过年的时候，我没有回去，她让弟弟和弟妹去地里挖了，洗干净再炸成饼，带来深圳给我。

去年弟弟他们就带了好多给我，今年也是。

今年的黄黄苗很难挖，冬天几乎没有下雪，地面都很干硬，黄黄苗的叶子都枯了，很难找。弟弟他们要拿树枝在地上拨着才能找到。四岁的小侄子也跟去，一路帮着捡，他嚷着说要给姑姑的。弟弟他们刨了三天，又把黄黄苗洗得干干净净。妈把黄黄苗饼炸好了，让他们俩带来给我。只是黄黄苗饼似乎不太苦，却也不太香，大约是盐放少的缘故吧。

有所思

孔子还是庄子

中国人很不幸地经历了春秋战国——那是没完没了地争斗和杀戮，国民生活在无穷无尽痛苦和恐惧之中的年代——这痛苦催人思考：我们彼此间要如何相处方能避免如此之乱世的苦痛？要如何相处才能从痛苦中解脱？

于是便有了随后的诸子百家及其思想。孔子、孟子、墨子、庄子、荀子都是在如此这般的思考着。后来帝王相中了孔子的思想，以权力推广到全天下，并且世代相传，直到今天。这些悠久的思想让众多中国人从幼时便要做到"己所不欲，勿施于人"，做到"非礼勿动，非礼勿视"，互相分等级相处，却又互相关爱和温暖。因此中国人会有如此绵长、令外国人敬畏的历史——所谓吃一堑，长一智，因为曾经混乱痛苦互相杀戮过，因而这般反思，懂得如何友好相处，避免冲突，才这般悠久、绵长的历史。

我是这么认为的。

我一度以为我是信仰着孔子生活的，后来才发现，其实我表现得更像庄子的门徒——喜欢爬山、徒步，于自然中忘记平素之苦恼或痛苦，甚至有时仿佛已完全融入自然，天人合一——这多么像庄子的风格。

种族歧视

资本主义的本质就是最大化的竞争，适者生存，不适者被淘汰。弱肉强食是普遍的生存法则。

比我强的可以淘汰我，比我弱的就要被我 PK 下。

实在没有能力上强势的地方，那就比收入，比出身，比肤色。

种族歧视于是这般不可避免。说到底，不过是极大的心理压力下宣泄压力的一种方式而已。

月

对话

From 风淡淡 to 冯冯：

我们的祖先在漫长的远古年代经历了生的恐惧与艰辛，他们渐渐衍生出了一些很美好的心灵之光。在东方，是春秋大乱时候的孔子和他的儒家思想；在西方，是教导人们赎罪的基督耶稣。还有法律、风俗，这些人类智慧的结晶约束着人类的行为使之趋善。时代发展到了今天，我相信在这些东西的约束下，在正常环境里成长起来的人基本上都是善的，基本不会无原则地伤害别人。所以，世上好人还是比较多的。

只是这些年社会急变，人们的生存压力越来越大，有时候真是担心，现代人迷失了。

《功夫》里的阿星，不就是在极大的生存压力下走向善恶的边缘？还好，他最终又回来了。

做个善良的人，真不容易！

From 冯冯 to 风淡淡：

我想当坏人！

From 风淡淡 to 冯冯：

你以为坏人好当吗？

比如《功夫》里那个黑帮老大琛哥，半点也不轻松啊，反而是超紧张和压抑，以及挣扎无助。他总生活在没有爱的环境或心境里啊，能过得幸福吗?

生存压力极其恶劣的时候，好人都会变成坏人的。

不管世事如何，良心和道德总会在时间的长河里跳出来，让坏人或者做了坏事的人心有忏悔。

所以说，坏人曾经承受过的，和正在承受的，以及将来要承受的压力，是好人不能想象的。

还是当好人吧!

From 冯冯 to 风淡淡：

嗯。

虽然有时候会受到打击，还是觉得当好人好，因为晚上睡觉舒服点，不用半夜里还担心有人来报仇，哈哈!

问云

盐巴 (1)

辛苦与享受之间的 PK

很多年前看左拉写的《小酒馆》，写过这么句评论：所谓生活的本质，不过是辛苦工作和享受生活之间的对抗。

很多年后步入社会，开始工作，才惊讶地发现：这世界真的就是在辛苦工作和享受生活之间寻找一种平衡：

到底该选择何种生活方式呢，是如同日本人一样拼命工作，还是像欧洲人那样轻松生活？

像欧洲那么休闲舒适，是多么令人向往。可是休闲的结果，是欧洲的衰落。

像美国那么富强、有生命力，却要付出非常大的努力。把人的潜力挖掘到最大的结果，是国家的富强，同时也是个人幸福感的失落。

我们该选择什么方式？如何在保证民族和国家有竞争力的前提下，尽可能提高我们生活的舒适度和幸福感？这个平衡该怎么去把握？

武林外传

比较喜欢《武林外传》前 40 集，非常有创意，或者说创造力，很幽默，很有想象力。古代的衣装现代的话语，我也能接受，反正是讽喻的电视剧。

这部剧看完，感觉是中国现代电视版的欧·亨利小说，看起来搞笑，看完却觉得悲凉。

盐巴 （2）

踏实

佼玉跟母亲说："你看，我们今年有剩余的粮食，不用跟别人借了，以后日子会越过越好的。"

她说话的时候，如此朴实，却又如此踏实、自信。那时候。我多么羡慕，她可以有这样的踏实。

虽然当时她考了几年才考上师范学校，而我是十六岁就在读名牌大学。

可是，当年的我，没有她这样的踏实。告别乡村步入都市的我，一度慌乱迷失，只是跌跌撞撞地生活着，一度只握着无助与失落。

很多年以后的今天，这样的踏实才真正在我心中扎根。

在心中我可以很自豪地说：这是我的生活，我拥有的这些，未来，它还可以更好。

想念 Michael

那段时间很喜欢看 Michael Jackson 的 MV，听他的歌。

我意识到，骨子里我还是个愤怒青年，有这么多的不平之气。

而写歌的 Michael，他需要经历多少的痛苦，才能写出这么多有力的、时而悲愤时而激昂的劲曲？

如果 Michael 还在人间，而我恰好认识他，我一定带他去徒步，去爬山，去海边远眺，去山巅忘我。我想让他在 hiking 中忘记这世俗的痛苦，让他心中多些快乐，多些静谧，多些雄鹰翱翔的从容，野马奔跑的自由，灵芝绽放的轻灵，以及背包客相互照应的温暖热情。

旅行的意义

旅行的意义何在呢？初时为了增长见识，或者忘却平素的烦恼，或者去多见识不同的旅行者。后来，我渐渐地发现旅行是为了体会不同文化之间的碰撞。

彼此间该怎么交往才算是对的呢？我们这里是 Tom 与 Jerry，非高即低。可是黄姚的小罗，却可以像翠翠一样和周围的人友善亲切又清雅地相处。这样是不是可以更快乐呢？

都市里惯有一个 deadline，催得人疲于应对。赚钱这件事情，好像总也做不完。可是纳西阿婆，她们却可以当我们这些商业的游客不存在，只是沉稳从容地拉着手在跳舞，享受她们的人生。这样的从容，需要多么强大的内心世界。而这样的沉稳从容，是否也能令幸福离得更近一些呢？

长辈总希望我们乖一些，不要影响了和谐。可是我为什么不能表达自己的个性呢？在阳朔的布艺花店，我看到个性强烈、生命力顽强的花朵，它们多么个性恣肆！可是色泽又很清雅，生怕扰人。有个性，但是不冒犯别人，有何不妥呢？

不断地行走、碰撞、思考。或许困惑了，或许顿悟了……这便是我发现的，旅行的新意义。

名词解释之 2005 年版

崇拜

现在最崇拜的人就是顶级的科学家。可是就算把牛顿或爱因斯坦放在面前，可能都不会真正心动的吧？那不过是崇拜而已，是一种盲目的，只看局部，不看全部的、非理性的行为。那只是崇拜而已。

暗恋

有古典诗词之美，亦有人鱼公主化作泡沫之苦。最初可能是甜美的，微妙的，胜过孤独可以排遣寂寞的，久了却是给人绝望无助，伤人自尊和自信的， 还是不要的好。

高跟鞋

妈妈命令我一定要穿高跟鞋，因为这样显得好看。可是，我已经两年不穿它们了，因为穿了就不能好好走路。我不舒服。

为什么要让自己不舒服？

做实验

以前会认为只要自己喜欢就可以了，会认为恋爱是我自己一个人的事情。

后来，我才晓得恋爱当是两个人的事情，一场恋爱是好还是坏，并非取决于其中一个，而是由当事的两个人的状态共同决定。

只有两个人都很愉快，方能称作是一场好的恋爱，值得继续的恋爱。

如果只有其中一个快乐，而另一个不快乐，那么这就不是好的恋爱。

那为什么要继续？

她和他会怎么样呢？就先做个实验吧，把他们放在一起，互相接触了解，然后再看会不会有理想的反应发生。如若反应太难发生，那么为什么不换个反应物？

一对一

爱上一个人的时候，不希望 TA 的世界里另有别的爱人，如果有，会受伤。它就是这么一种一对一的关系。不能接受一对多，或多对一。

博爱

如果他对大家都好，有着仁善的博爱心胸，这多好！

如果他对其他人都不怎么样，只对我一个人好，那么不管他再怎么对自己好，这都不是件什么好事吧？

第一步

互相欣赏是恋爱的第一步吧。

一回事

正义 vs 邪恶，善良 vs 无情，无私 vs 自私，好人 vs 坏人，原来它们说的都是一回事。

从前总是避免使用这些词汇，觉得这样会脸谱化，可是现在发现，世界上确实存在这样那样的状态，一定要来形容的话，就得借助这些概念，这些充满智慧高度概括的哲思。

港版的斯佳丽

梁洛施与豪门公子高调拍拖，连生三子，又迅速分手，立即被传是一笔交易，生子之后即被人抛弃。这一切仿佛让这个女人凄惨得无以复加。

我倒觉得这女子真是敢作敢为。她从小没有父亲，母亲艰辛地拉扯她长大，看尽亲戚白眼，因此她12岁时就发誓要进娱乐圈工作，照顾并保护母亲。这女孩从小就很勇敢，个性刚强坚硬。这样的性格应该是她小时生活太过艰难所赐。我十分理解，并且佩服。

而英皇娱乐又让她签15年的长约，使她无法脱身。恰好遇到李公子，给她自由的机会。男的一度留恋花丛，近乎花心，她却硬朗独立，个性鲜明。这个性大约比较可以吸引他，因其难以征服，不同于寻常明星。他们之间相互的吸引或者说是相惜，自然应该是有的。

只是成功人士的爱情怕不那么容易把握。爱情于他们，除了有的是爱情之外，还有的是应对巨大工作压力的缓冲剂，更有的是证明自己魅力的秀场。那是一场又一场的征服，甚至有的兴许已经习惯，甚或已经上瘾。

不管怎样，他们最终还是分手。梁洛施即使当真是给人代孕，那又怎样？她从小那么艰难无依，此时终归是用自己的力量冒险一搏，豁出去与贵公子拍拖、生子，亦豁出去对媒体说已经分手。终归是用自己的力量扭转命运，大不了冒险一搏，已经应对过这么多艰难了，还能怎样，还怕怎样。

这完全就是港版的斯佳丽。她离经叛道倔强坚强，有着顽强的生命力。对此你可以批判，也可以赞赏。

相逢

秋天去武功山的时候，我认识了胡多多。她比我小了整整一轮，在百度公司工作。

这女孩是天秤座的，大气，亦好胜，经常夸自己一通（她确实拥有许多她这个年龄好多人不会有的智慧），然后再来一句："你看，我们天秤就这么自恋。"然后我就没脾气了！

晚上，我们住在山上小木屋，很简陋。我和她挤在一张床上聊天，我们两人都比较热衷钻研星座，彼时也都颇有些心事，于是一直聊一直聊。我大她十二岁，原本以为会有代沟的，没想到非常谈得来。巧合的是，她的网名叫多多，我以前曾有同学给我起过一个绰号，就叫多多。兴许这就是缘分。

第二天一大早，大约五点，她就去山顶看日出。秋天的山上可真冷！我磨蹭好久都不肯起床，后来终于也去了山顶。我在山上瑟瑟发抖，举着相机，等着日出。山上的人可真多，挨挨挤挤。我在想：不知道胡多多在哪里呢……于是扯着嗓子喊："胡柳！"话音刚落就听到她答："这儿呢，这儿呢！"原来她就在我旁边。

村上春树说："每个人心里都有一片森林，迷失的人迷失了，相逢的人会再相逢。"大约有缘的人就会如此轻易地遇到；而有时付出许多的努力，无缘的人却总也不能到一起。我要走到三字头的年龄，才能够悟出这么朴素的一个道理。

大灰狼

小丽说，去中心书店旁边的大灰狼餐厅吃饭。我从来没去过，不过名字真特别！

确实有特色。刚进门，服务员就问："几匹狼？"哈哈，真好玩。

服务员带着我们拐来拐去，感觉像钻山洞，找到了一个狼窝，坐下来。这个窝挺舒服的，有秋千般的藤椅，晃呀晃的。木头的桌子，桌上点着烛台，朦胧得有一种古书里所讲的情调。

外面是灯火如同繁星一般的城市。

菜品名字都非常有趣，比如铁汉柔情、心太软、五颜六色。

我指着菜单说，要是谁谁来了，我就给他点一个什么什么菜。但是菜的名字，我今天已经想不起来了。俺这青年痴呆症一般的记忆力哦！

和小丽边吃边聊，很开心。她学的是设计，而我恰好是个文艺女青年，所以，我们的气场大约比较相合。

丰子恺说过，学艺术就是要恢复人的天真。我们两个大约都是在努力地宁可受伤也要留些天真罢了。

非常喜欢那里的面片汤，还有好吃的西红柿汤。这让我想起了小时候母亲做的面鱼儿，好多年没有吃到了。

下次还要去大灰狼那里吃饭，太有创意啦！

白天的白，黑夜的黑

2010 年的秋和冬

山友

这一年有一个周末预报有特大台风，结果周六那天是晴天，并且到了下午，台风预警取消了，说台风在福建登陆了。

于是第二天我去了东西冲海边徒步。在这里我认识了一群很合得来的山友，多是 80 后，少有 70 后，甚至有个是 90 后！

领队是水手，差不多是最好的领队了！他很幽默，一见面就说："好大的台风啊，把这么大的太阳都刮来了！"

介绍自己的时候，他说："我是湖南常德的，说的是'德语'！"

我们爆笑。

中午吃饭的时候水手煮面条，我们侃大山。一不小心就发现这些忠厚的劳动人民其实都是愤怒的青年。俺们慷慨激昂地指天划地，当众演说，确实很激动。

吃完饭开始上路，发现水手不见了。我忽然冒出一句："不会因为我们刚才讲了反动的话，领队就这么被带走了吧？"

水手当然没丢，后来还一直跟我们玩，路上也很照顾我们。走完全程的时候，我们没有立即上车，还在沙滩上玩丢手绢。三十几个大人玩丢手绢是不是很疯很天真？另一个领队马夫放出话来："你们可不要把手绢丢给我，我可是跑马拉松出身的。"结果他说完，大家还是照丢不误。

回程的路上本来说要休息的，结果颇有孙红雷气质的哈药开始讲他的相亲故事。于是我们开始七嘴八舌地讨论。小巴上有话筒，一开始都蛮矜持，有点像旁观者，后来就开始抢麦，讨论热烈。我仗着胆子讲我的相亲故事："我豁出去了！"他们报我以哄堂大笑！一会讲相亲，一会讲花心出轨，一会讲男人女人的择偶标准……水手说："这是正直播的《非诚勿扰》。"一会儿路过加油站，要集体去洗手间，水手说："现在开始插播广告。"

大家都舍不得分开，回来后，建了个QQ群，一起聊天。多年不上QQ的我为此还专门再申请了个QQ。一周后，我们组织去从化。我和大流坐一辆车，得知月色和丫头在另一辆车里，我们就像盼着红军亲人一样，盼着和他们团聚。当天我们几个一直在一起玩，回家的时候他们两个死活都不肯分开，要跟我们一起走。回来后QQ上加好友，月色的验证信息是：亲人呀，加我吧。

光棍节的时候群里十来个人组织去唱歌，唱到夜里两点，大家舍不得回去。很奇怪，怎么我们这伙人这么说得来？

对此，我分析了一下，觉得是这样的：

我们第一次认识是在东西冲，那次本来预报是特大台风，结果周六的时候气象台说台风从福建登陆，而很多时候台风就算不从我们这里登陆，从附近的城市经过，往往也会带来雨水，在海边徒步有小雨是挺危险的，所以保守一点的人第二天就不会去东西冲了。但是我们去了，说明我们是一群喜欢冒险、乐观积极外向的人，所以我们才这么有共同语言。

他们齐声说："对！"

但是后来走三水线的时候，他们几个表达了对李宇春的不喜欢和攻击。对此，我很生气，就不跟他们一起玩了。

我们就是这么分道扬镳的。

我们和冬天有个约会

一个周四的傍晚，我坐班车回家，车上和大家一路聊天。聊着聊着，突然发现有一个男老师（后来知道他叫椿老师），说附近有很多好吃的……

我和熙老师很神往，希望他带我们去。于是我们约定：下个星期四再坐这次班车，到时候一起去吃好吃的。

星期四就来了。这天很冷，我们去水围吃火锅，点了个枸杞汤的牛羊肉火锅，好高好大的锅，满满一锅。

一边吃火锅一边聊天、八卦，间或碰下杯子喝啤酒。

火锅热腾腾的，我们吃得香喷喷的。

聊着聊着就聊到了感情问题。作为一个文艺女青年，我就引经据典背诵了亦舒的一段话："当一个男人不再爱一个女人，她哭闹是错，静默也是错，活着呼吸是错，死了还是错。"他们哈哈大笑！

椿老师讲到他表弟现在的困惑，于是我又背了那段张爱玲的白玫瑰红玫瑰的理论。他们自然也是知道这个理论的，不过没我记得清楚，特别是听到红玫瑰娶不到的时候是朱砂痣，娶到了就是蚊子血那一段，两个都狂笑不已。这个都爆笑，那要是见了我的山友还不知道该笑成什么样子呢。

吃着吃着，我忽然想起十几年前看过一部港剧《我和春天有个约会》。我好羡慕里面的明星主人公，上班就是唱唱歌，跳跳舞，下班了就去大排档吃这么大锅的、热腾腾的火锅，喝着啤酒还拍拍拖。当时天天上自习课的我们非常羡慕这样的生活。现在不是已经过上了向往的这样的生活，而且就是在香港近旁的地方，这多么像小蝶她们当年做明星时候过的生活！

吃完饭的时候我们约好了，下个星期四再一起去吃好吃的。这次去南山吃，椿老师知道有家店，鸭子做得很好吃。

我们和冬天，有个约会！

2011 年的暑假

看了很多文学艺术和哲学的书。试着调整生活的节奏，信仰的文化，生活的方式。

D. J. Boorstin《美国人建国的历程》

看了这本书，知道了美国人的创新能力、创新文化从何而来。看看他们是如何工作的吧，以下是比较典型的例子。

其一：

1805 年冬天，图德刚 21 岁时，在一次社交聚会上，他的兄弟 William 忽然心血来潮地问：为什么不把附近池塘里的冰收集起来，运到加勒比海的一些港口去销售呢？图德采纳了这一建议，似乎要证明，对于新英格兰的贸易来说，任何事业都不会被看作是荒唐可笑的，任何商品也不会被认为是太普通而不屑经营。他买了一本笔记本，并将其称为"冰库日志"……

这一年里他投资 1 万美元，将 130 吨冰用船运往酷热的马提尼克岛。所有的波士顿人都笑他是个疯子……

图德花了 15 年时间，才把做冰生意变成一个赚钱的买卖。在这么长的一段时间里，他一直在奋斗：取得冰块生意的合法垄断权；控制新英格兰的产冰池塘；在他的船只所能到达的世界上的每一个地方造成人们对冰、冰镇饮料、冰淇淋、冷藏水果、冷藏肉类以及冷藏牛奶的需求。有一段时间，图德出售的冰过的饮料与没有冰过的饮料价格相同，以培养对冷饮的爱好。他还在医院里表演用冰。

如果他没有征服技术方面的难题，这样做是根本不可能的。他百折不挠地专心致志设计一种高效的冰库，他不顾哈瓦那正流行着黄热病，坚持到当地做实验，他试用了各种想得到的隔热材料，如稻草、刨花、毛毡等。他手里拿着表，站在冰库外，一小时又一小时地测定冰库融化的水量。

此外，图德还在纳汗特进行种植棉花和烟草的试验。他还把第一台蒸汽机车头引进新英格兰，他还开办了也许是美国第一家娱乐性的公园，他甚至还试验过在弗雷士池塘养殖咸水鱼的事业。1833 年，图德决心用船绕半个地球把冰运到东印度群岛去……

其二：

新英格兰并不种植胡椒、咖啡、糖、棉等作物，或者可以向世界销售的任何其他主要农产品。新英格兰最大的财源就是人们的才智。由于善用海洋资源，新英格兰式的足智多谋把地理上的不利条件变成了商品。有一句流行的挖苦话说："新英格兰什么也不出，只出花岗岩和冰块。"

（图德已经把冰块变成了一个赚钱的产业。）

1825 年，威拉德被聘为建造邦克希尔纪念碑的建筑师和总指挥。在建造这座纪念碑时，衍生了一个副产品，即规模宏大的新英格兰花岗岩工业。为了开采这种石头，威拉德发明了以后用于花岗岩工业上的几乎每一种机械：千斤顶、牵引机、起重机和其他一些用来移动、安放大块花岗岩的设备装置……

其三：

美国人把制造某种商品的各个不同工序集中到一个厂房来进行统一管理，这就是新的美国工厂管理办法。如果说美国的工厂制度是组织工作和合作精神的胜利，那么它同时也是天真无知的胜利。因为天真无知就是从传统习惯和思想方法中解脱出来，无知和"落后"使美国人摆脱了条条框框的束缚。一些重要改革之所以能实验，只是因为美国人懂得的也不过如此而已。

美国的这种新制度，实际上欧洲人早想过，但是欧洲社会也使他们无力对他们的想法进行合理实验。与旧办法利害攸关的人太多了。

其四：

我们常听说：开拓精神的同义词就是个人主义，迁往新地方和探索新事物的勇气就是单干的勇气，是完全、彻底、雄心勃勃地专注于自身利益的勇气。听说只有这样，身受危险和威胁的开拓者才可以幸存。据说美国方式就是这样形成的。

······

如此就可以清晰地知道，为什么我们中国人普遍缺乏创新能力。我们的制度和文化要求服从，听话，不鼓励冒险，不宽容失败，在如此环境中长大，还如何能去创新？怕是连试都不敢去试吧！儒家文化和专制制度确实不利于创新。过多积累也不利创新。创新往往发生在比较空白，传统势力比较薄弱的地段。

另外诚如作者所说："美国的繁荣昌盛并非是由于它的方式方法完美无缺，而是由于这些方式方法不断变化。它接受一种一贯的信念，即认为世界上会出现其他的或更好的事物。"我们的文化中有无这种不断突破，不断寻找新的出路的积极的人生态度？看看梁漱溟先生的回答。

梁漱溟《东西文化及其哲学》

这本书读来如醍醐灌顶。

梁先生认为，西洋文化、中国文化、印度文化分别代表了三种不同的人生态度。

当人生问题出现之后，西洋人的做法是下手改造局面，使其可以满足我们的要求。中国人的做法是不去解决问题、改造局面，而是随遇而安，调和、改变或者说降低一下自己的欲望，一样满足。印度人的做法是干脆不去想这个问题。

显然，西洋的文化比较积极主动，因此它也确实很有竞争力，把我们的东方文化打得落花流水。梁先生也认为是中国文化不够强势有力而导致了近代中国的孱弱落伍。梁先生认为要想令中国强大，就要从文化上进行改变，目前应该坚决摒弃印度文化，批判地继承我们已经有的中国文化，全面西化。

梁先生还认为，当人们获得足够的物质之后，就要解决如何获得精神享受的问题。如此就会从西洋那种文化走到中国这种文化中来。他认为未来的文化是接近中国文化的。他也预言说，有一天未来的人们也会走到印度文化这条道路上的：

而（西洋文化）如此的经济其戕贼人性——仁（中国文化的核心内涵）——是人所不能堪。无论是工人或其余地位较好的人乃至资本家都被他把生机斩丧殆尽……现在的资本家或工厂管理对工人简直一点情趣，一点情义没有……做一天这样一来干枯疲闷无聊的工，得些钱寻乐……无非找些刺激性的男女之欲：淫声、淫色、淫味……人的家庭之乐是极重要无比的，他最能培养人心，并且维系了一个人生活的平稳。而这时工人的家庭多半被破坏了，且亦不敢有家室……倘使不合理的经济没有改正，无论如何想法子，这问题总不得根本解决。这种不可堪忍的局面断不会长此延留！

这样一来就致人类文化有一根本变革，由第一路向改变为第二路向，亦即由西洋态度改变为中国态度。

这些话大约可以解释：为什么美国有这么盛行的色情文化。看着MTV台里那么多比较色情的镜头，我这个中国"老派人"，真是觉得吃不消。

大约色情文化之存在是为了缓解比较大的生活或者说是生存的压力，恰如说黄段子可以减压（据说是如此）。而很显然，此种文化确乎和幸福不大相干，应该被其他文化替代。也就是说，未来文化应该偏古典，偏中国。

南怀瑾《论语别裁》《老子他说》《孟子旁通》

之前还以为我过着多么时尚的 hiking 生活，以为自己发现了新的获得快乐的途径。后来我发现，早在1000多年前的"竹林七贤"们就是这么放飞于自然（当然他们同时也纵情于声色，甚至是药和酒），借此解忧。再往前就是庄子他老人家早主张要回归自然，要天人合一。原来2000多年前他老人家就发现，回归自然是一种很好的缓压方法，如此可以逃开喧嚣冷酷的社会生活中那么多的冲突、压迫、烦恼和痛苦。

老庄的思想谓之出世，可以令人重新获得愉快的心情，来应对平时入世时的烦闷生活。一味地入世或者说是追求成功是非常辛苦的，需要出世的活动来放松。几千年来中国的知识分子就是在入世和出世之间寻找平衡，我这个21世纪现代的知识分子也不例外。原来就如何获得心灵的幸福而言，我们现代人有时仍未超出古人的智慧，仍要向他们借智慧。睿智的先贤啊，请原谅我这个现代人如此愚鲁迟钝吧！

林语堂《吾国与吾民》《老子的智慧》《生活的艺术》

为什么我以前不知道林语堂的书这么好？只知道他是被鲁迅批评过的，什么什么资产阶级……

林先生说，难以想象一个民族如果一直以美国的节奏风风火火地走下去，可以走4000年！他主张美国人不妨向中国人学习，生活悠闲一些。学学中国人的生活艺术。

罗素先生也说过，世上没有哪一个民族可以一直在拼命工作而不享受生活的。一味讲究效率的民族，在几十年里是可以拼到前头，把别的不那么拼命的民族甩在身后。但是二十年之后，四十年之后呢？不可避免地就会遇到少子化的问题：生活节奏太快，压力太大，家庭不愿或者无力无暇抚养那么多小孩。结果就是整个民族和国家出生率下降，年轻的劳动力减少，此时只好看着别的人口庞大的民族又占上了人口优势，抢走许多工作机会。

太拼太累的工作方式，其实就是整个民族的体力透支。此种工作方式，显然不可持久。

傅雷《傅雷家书》《傅雷谈艺术》《傅雷谈文学》

傅雷的文艺评论深刻犀利，可称文艺评论里的最高水准。他的《傅雷谈艺术》，差不多只有一个陈传席的《画坛点将录》可以与之相比；他的《评张爱玲的小说》，在评论张爱玲的文章里，迄今吾未见有超越他的。《傅雷家书》一样的饱含哲思，十分耐看。嗯，是金子，总会长久的发光。

《傅雷家书》里说，我们中华民族是世界上接受道德教育最多的一个民族。是啊，孔子他老人家影响了中国人好几千年，让这么多的国人从小就要被教育得"温柔敦厚"，"己所不欲，勿施于人"，"非礼勿动，非礼勿听，非礼勿视，非礼勿言"，"仁者无忧"。是以房龙会说，中国人是世界上最包容的民族。

只是如今这个年代，一味地"温柔敦厚"显然是不够的。做人还是该如余光中所言，"他心中已有猛虎在细嗅蔷薇"；或者如李嘉诚所言，做一只"仁慈的狮子"，才能应对得了这么残酷的世事。有人说，这其实是西方文化和儒家文化的一个混搭。我喜欢这样的混搭。

傅雷一样不很赞赏美国文化。他说："（美国人）只顾往前冲，不问成败，什么都可以孤注一掷，一切只问眼前，冒起险来绝不考虑值得不值得，不管什么场合都不难视生命如鸿毛，这一等民族能创业，能革新，但缺乏远见和明智，难于守成，也不容易成熟。"

费孝通《初访美国》

如果可以重新选择专业，我希望自己可以成为一个人类学家，可以到不同的地方，观察不同的民族或者群体，看他们如何处理衣食住行，如何相爱或者怨恨，如何缓解压力，如何化解冲突，如何排遣孤独，如何享受生活，如何获得幸福。

费孝通是人类学家，1943～1944 年在美国，仅一年的时间就可以对美国文化有如此深刻的洞察。

费孝通说，一百多年前的美国还十分贫穷，像《烟草路》里面演的，"除了食和性外，可以什么都没有"，比我们穷苦的中国佃农还要穷得多。然而就是这些贫穷的吃苦耐劳的美国人，辛勤开垦了几百年之后，将美国经营成今日的富庶繁华模样。费孝通说："美国并不是一个河里流着牛乳，树上结满葡萄的天堂。假定现在已近于天堂，那是从地狱里升上去的……美国的历史其实就是一部不靠祖宗余荫，靠自己，拼命刻苦创造出来的纪录。这种人是有胆量每年吃火鸡，每个人去看《烟草路》的。也是这种人才会在沙滩上造出世界最大的都市……我们在东方看他们，千万要记住，他们人民生活程度的提高是他们努力劳动的报酬，不是天，也不是人，送给他们的礼物。"

确实，看看 D. J. Borristin 写的《美国人建国的历程》，就知道美国人在开拓创业的时候吃过多少苦。我之前一直认为自己吃过不少苦，也挺能吃苦的，但是和那些殖民地时期的美国人民相比，都算不上多苦。

而最早去美国的移民，实际上是因为被英国的圈地运动所迫，极其痛苦，走投无路，才冒险到北美这样的苦寒之地，荒原开垦，辛苦奋斗。当时英国的农民，要么流落北美去垦荒种地，要么留在欧洲，在资本家的工厂里被机器折磨，过着孤星血泪的生活。我们今日的农民没有遇到圈地运动，但是遇到了富士康。

雷颐《细说晚清 70 年》

这本书有不少独特的视角，对历史全新的诠释。惜乎不够系统，看起来比较琐碎。

非常惊诧地看到这一段：

梁启超先生认为欧洲之所以出现社会主义，是资本主义出了很多的弊端，要用社会主义的做法来弥补这些弊端。当时的中国是清朝末年的封建社会，他反对此时就在中国搞社会主义，因为社会主义要缓解的是资产阶级和无产阶级之间的矛盾，而彼时的中国连资产阶级都没有；因此他主张先发展资本主义，等资本主义发展到一定程度之后，资本主义本身的弊端就会表现出来，这时候再来用社会主义来修正。

梁启超先生提出这一观点的时候，可是在一百年前！这一百年来中国的发展，可不就应验了他的预见！梁先生真是位了不起的大政治家。他在中国历史上的大名，决非浮云。

就医记

1

去年冬天的时候，同事推荐我去看医生，说是中医世家，治颈椎问题很好。她去治了一次，就好了很多。

医生要我学会放松，讲话要温柔，不要这么铿锵有力。医生在给我做推拿的时候，我一讲话，脖子肌肉就紧张，他就推拿不动。

哎，我平时总这么紧张。

我问医生："我生病是不是和我平时总是全力以赴高度紧张的状态有关？"医生说："是的。"

可是我别无他法啊。没有学生帮我，我有那么多的实验要做，还要对付考核。

很多时候，我都跟自己说："没关系，这一关冲过去，就 OK 了。"

我去治疗了十几次，效果并不明显，依然会头蒙头晕，做什么都觉得困难。三年多来这些症状就一直这么困扰着我，显然是颈椎病症。山友说应对此症，有效的办法不是医药，而是多运动，多做颈椎操。几年来我就一直坚持游泳、徒步、跑步，倒是一年比一年好，只是其间状况时好时坏，还有反复。

去年一度担心做不了研究。那我还能做什么呢？那就写作吧。去年就这么写了几篇随笔，写得很累。我不能长期对着电脑，搞文学也甚是辛苦。我好像在原地踏步，写不出更好的文章。

要不学画国画吧。雨笛妈妈说过，画国画技巧简单，创意最重要。画国画可能不会像科研这么累吧。她之前看过我拍的照片，说我的创意很好，国画应该会画得很好。

可是我连素描都不会。要学国画，得先报班学习吧。寒假时我去书城，就想报班学画。可是只见教幼儿的，未见有教成人的。

到底该如何是好呢……

2

寒假里状况似乎更糟。有段时间阴雨连绵，令人昏沉。刚好李波来找我，跟我说像藏人一样磕长头，是可以治颈椎病的。之前觉得无法理解藏人，怎么一步一叩首地跪拜佛祖，哪里晓得人家是在锻炼身体。原来佛祖双手合十，也是在锻炼身体，难怪他老人家可以一直工作这么几千年啊。

可是这么磕头的动作也好累人。我试过几次之后就觉得体力不支，难以继续。

过了几天，李波带我去飞龙医生那里针灸。

听李波讲，飞龙原来是搞IT的，中医院的院长很欣赏他这个中医奇才，就鼓励他考了医生的执照，五年前开始行医。飞龙医术很高，经常有全国各地的人来找他扎针。

结果医生说我只是轻度的颈椎病症，真正问题在于血液循环不好。用手指按左边心室，我都觉得痛。扎上针后，再按心口，就不痛了。

我不安地问："我的病能好吗？"

医生不屑地说："当然能好。"

医生说我心口有瘀血，因此血液流通不畅，才导致头晕。我问他："是不是因为太操心？"他说："是的。"

几年来困扰我的症状总算得知病因，还是很高兴的。但是康复却不是一蹴而就的。经过七八次针灸之后，胸口还是难受。

2月我就专心休养，间或去针灸。

3

　　3月我继续去针灸。飞龙原本说不超过十次就可以好的，可是我扎到十几次的时候，还是时好时坏，间或头晕。心中的问号仿佛长成了蘑菇云：到底能好吗？

　　不过还是坚持去针灸。扎了两个月后，确实好了许多。

　　也有人很快康复。有大姐的飞蚊症，扎了两三次就好多了；有大姐是荨麻疹过敏，只扎两次就好。甚至有天看到一个阿姨，她是肌无力病，用蜂针治疗了两三次，阿姨就可以缓慢走路了！

　　真是令人震撼。我问医生："为什么别的医生都没办法的，你可以治好？"

　　"他们先就不敢试啊！当然治不好了。"

　　"那你为什么就敢试？"

　　"从小看我爸扎针啊。不管什么病他都可以治。我也是不管什么病，都要去试试。"

　　"那你这种胆识，应该就是天赋了吧？"

　　"反正我从小胆子就很大。别人说有鬼，我就从来不怕。"

　　这种天不怕地不怕的胆识，原本我也有的。"不放过任何一个看起来有那么一丁点可能性的想法"，是我自己科研日志里面早已总结出来的。可是这几年，因为生病，总被焦虑情绪捆绑，任自己在无助之中沉溺，不敢像之前那么去闯去试，以为再也好不了了……

　　此时便知有伴侣的好了：如若自己一时无法自救，伴侣会帮助把自己从泥潭中拖出来的。两人彼此扶持，相互关爱，人生应该会温暖很多。"愿得一人心，白首不相离"，两颗心从不分离，不曾孤单，不会脆弱，这样的心灵才是最为温暖而又强大的吧。而这样的智慧，也是先人们在经历了刀耕火种的艰辛、春秋战国的混乱之后悟出来的，颠扑不破的真理吧。

4

可是飞龙这么有胆识和智慧的医生却要考虑移民澳洲。

"中国什么都污染了，食物，水，全都不安全。去澳洲可以搞个牧场，养奶牛……"

"那你去给奶牛扎针去吧！"我生气地说，"真是缺乏民族责任感！置我们于水深火热之中，不给我们看病……"

"一起移民嘛！"

"我没有钱移民。就算有钱，我也不会移民的。我喜欢中国文化。"年轻时候崇拜西洋文化，年岁渐长之后，姐就这么喜欢中国文化。

"不要去澳洲啊。文化差异很大的，你会不习惯的。好比你是吃馒头长大的，你的胃就不习惯吃面包啊……"

5

4月底，我的身体好了许多，开始考虑实验。台湾的荆教授去年给我邮寄过器件，要我在上面长一层10纳米厚的三氧化钼。我原本答应要做的，迄今都未动手。只好跟荆教授道歉，说我已经扎了好几个月的针，实在没有精力做这个实验。想来他也不会怪我没有诚信吧。

不觉间已到初夏，雨水渐多，我又开始头痛头晕。大约雨天的时候大脑供氧量确实不足，而我的病症并未全好。好在是在南方，不下雨的时候，还有那么多个饱满的晴天。虽然现在，我讨厌雨天雨天。

PART **5**

诗意与感性的风筝早已飞去，岁月只留给了我手里这理性的长线和辘轳。

*T*aohuayuan
桃花源

见海

10：20 我们到达东冲，步入南国的秋色之中。与市区的晦涩不同，这里的秋意干脆直白，直入心扉。路上已是枯草一片，芦苇满眼，萧瑟浸透秋的诗意。一时又有拖拉机突突开过，仿佛忽然回到小时候。

开始走山路，约两个小时的行程。树林中沿着羊肠路迤逦前行。草比人高，心中不免惴惴。大海时有时无，涛声也是断断续续。这一段路走得单调。

好在不久便到海边。忽地场景就开阔起来，碧绿的大海似一块巨大的翡翠，深深沉淀在我们脚下，喜悦感油然而生。站在山崖上望下去，觉得自己富足得似一个王。前一段路的辛苦完全值得。大海似无边的观众，不时报我们以轰然的掌声，浪涛拍岸，卷起雪白花朵——难道是大海燃放的烟火？

一行人面对如此瑰硕的自然不免陷入沉思。石崖上坐下来，面向大海，似老僧入定。远一点看过去，又似一只只海燕，栖在崖壁上，淡定安稳。

再往后的路便是海滩石头路，干净开阔，走得人心旷神怡。中间在马来河休息吃饭。神行太保带了锅，阿廖带了普洱茶，在溪边煮好了茶；闪电热情地叫我们来喝茶。好可爱的警察叔叔。

越走越开心，也和众驴子越熟悉。聊起天来才知道原来有这么多资深老驴。老九从 1996 年就开始的山龄，每周都有爬山的习惯，让我十分惊叹。深南大道只凭黑红的面膛就可以证明这就是"新时代的徐霞客"，在海边小憩时，他一首《信天游》激扬苍凉，十分耐听。手机铃声则是西域特色很明显的一首歌，跌宕悠扬又清新硬朗。我总觉得那是青海那边的歌。

　　晚餐是在大梅沙吃的。我们风卷残云，觥筹交错，像是八戒回到了高老庄。吃饭的时候我并没有喝酒，却在回程的路上，像一个醉了的人那样想着：白天我们看到的浪花，其实不是浪花，那是波塞冬向我们祝酒，他那硕大无比的杯子里漾着的酒的泡沫，他可真是海量。

辽阔的海

一天

五号那天，从学校回来，很困。睡了一下午。

晚上捧着茶盅，居然有很安谧的感觉，可以慢慢做事。

这都多久了，我没有过的感觉。

这是去年五一假期期间我写下的一篇日志。彼时的确辛苦忙碌。有几年，我几乎已经忘记了，什么叫悠然，什么叫从容。

今天我却像是孙悟空回到了他的花果山，或是陶渊明微醺地喝着酒，赏一片淡远的蓝天，只差握一丛微苦清幽的秋菊了。心中无牵无绊，清澈盈透。熟悉的山友，惯常的路径，无遮拦的天地，这足以令人忘记，是在什么时代，与什么空间。只是玩，笑，和闹。小鱼归入大海，便是如此随意、自由和忘我吧？

塘朗和梅林之间的穿越走起来轻松惬意，有一搭没一搭地聊着，两三个小时便到了梅林后山。山坳处的农家菜馆摆上了滋味纯朴的菜肴，啤酒已开，三五句后便豪气在胸，喝个痛快，这便是男人们的世界。喝得热了，便光着膀子，继续神侃，好一个快意人生。女士们则喝着可乐，安静一些，温柔一些。忽然有一只蜜蜂飞了过来，可乐香甜，恰是它所喜爱。有小狗偎在脚边，安闲地嚼着骨头。胖胖的母鸡在踱着步，有板有眼。旁边许是该有一片冬阳，和一个慈祥的老婆婆吧？刚好可以入画。

荔枝林间架起了麻将桌子和两张吊床。爱闹的和爱静的都各自有一番天地。我坐在荔枝树的树枝上，自在地晃荡，飘摇得像吉米画中的意境。外面天蓝或者不蓝，心中事想抑或不想，打什么要紧呢！

觅春

9：10左右，到达梧桐山大门旁边，这时候"蓝天鹤"和"老更"已经到了。聊了几句就看到"飞毛腿"和"笑笑"他们也到了。

接着就看到"惊涛"押着一个文弱书生过来了，这就是传说中的"昏鸦"，在网上总是拍我砖头的那个家伙。以前一直以为"昏鸦"是个欧吉桑，不料想原来像个刚上大学的新鲜人，看起来分明是我小弟。还没打上招呼，这只昏鸦就开始掐架，我只好满街追着去打他。可是昏鸦实在太过灵巧，我总也打不着他。接着"大恶"出现了，继续他一贯的胡诌，于是我也开始掐他。大恶比昏鸦要胖许多，跑起来也就慢了好多，于是我的命中率提高到了大约三下能打中一下。

9：30，我们开始上山。梧桐山的高度至今我还不知，也不知当天我们到底爬了有几个山头。山势并不陡峭，树木繁茂。在林荫中间走路，几乎不见雨滴。有薄薄的雾在山间。我一直认为附近就是海——大梅沙与小梅沙，可是爬到最高峰的时候向山下看，也只看到了茫茫的谷底，隐隐的树梢，未曾有海的痕迹。倒是渐渐看到明丽的花，粉紫色，状若倒挂的酒杯，疏疏朗朗开了一树。我就管它叫小红花。据说山上还有一只猴子，不过我们这次没有看到。新年尚未过完，可能它去别的山上走亲戚去了吧。

休息的时候大家一直在斗嘴。而我由于过于活跃，一不小心被说成了疯子。其实就算是被叫做疯子也没什么，我非常喜欢的梵高，还有费恩曼教授，都被认为是疯狂天才。尤其是去年看到《梵高自传》，我惊讶地发现，梵高在他一生的绝大部分时间里，与众人并无不同，只是他比常人要更努力地追求和坚守真善美。我爱梵高，一如爱这花花草草，爱这静谧包容的大自然。

　　中午的时候我们聚在一起，吃了百家饭。"烟花"带了樱桃，好奢华。"老更"有热水和方便汤，冷天在山上喝起来真是美味开心。有好几款的泡菜，有蓝天鹤牌的，真优美牌的。我比较喜欢蓝天鹤牌子的。"南方"给我吃了寿司，里面的芥末是我平生吃过的最辣的芥末，我顿时涕泪交加。我带了啤酒，给"孤岛"喝，"孤岛"坚决不喝，说他只喝青岛或者金威，他可真是挑食。

寻常百姓家

寻梅

下车的地方是个小村子，有丈高红花从小院探出头来，像是提早过年，放了许多璀璨的烟火。是我喜欢的花，却不知道叫什么名字。村边有香蕉树，缀着绿色果实，奇怪来到南方，见到的香蕉树都这么果实累累，以至于让我以为农家总有香蕉可吃。天气微凉，喇叭花开满一地，松散罩着青草藤蔓，像披了件中国风的披肩。我真是羡慕，也想披一个这样的披肩。

初时一直在山间路上行走，一直走到一个水库旁边。水库枯瘦一团，我见犹怜。剩下的一点水，恰好可打水漂。我最好的纪录也才四个，而"土匪"——一张黑胖圆脸，棕色帽子拖着尾巴，颇似闵政浩大人的侍卫官，可以打出六个。于是我满地找平整的瓦片，希望可以破下纪录。余下的人大多忙于拍照——黄土岸上，有几面将塌的土墙，看起来有似楼兰，或罗布泊，刚好可以入镜嘛。

溯溪而上，到了梅亭。中午阳光正暖，众人席地而坐，就着山间风光午餐。"比尔"带了西瓜，"老林"带了柚子，一片一片地分给大家。有人打纸牌，有人梦周公。我在阳光下一觉睡醒，醒来太阳还这么暖。

而梅花偶有一朵。虽然我一直认为，路上见到的满树黄花就叫梅花。

鹅岭

田园

孩子一双清澈的眼睛，略带羞怯地看着这些远处的来客，乖巧灵活地忙着端菜、捞鱼、拿钥匙。依稀可见小时的自己，模糊的从前。三家人一共四个孩子，各相差两岁，大孩子已经可以拿着西瓜皮往池塘里打水漂，瓜皮如草上飞水上漂地一掠而过；小的还要妈妈给梳头扎辫子。最小的那个是个小女孩，抱着爸爸的腿，仰着脸撒娇，听不懂她的乡音是在要什么，只是看得人十分羡慕。真想再当一回小孩子。

大人们忙里忙外，不得闲。木柴在灶下暖暖地烧着，锅里是热腾腾的鸭或猪手，炊烟的气息如多年不见的乡邻，亲切醉人。昨晚用过的碗碟还来不及洗，女生们要来帮着洗，阿姨却急忙说："不要不要，我一会烧一大锅热水来洗。"她生怕劳碌了我们。

屋外是活泼的小溪，轻俏流过。清晨可在这里洗脸刷牙。溪畔有一片地长着数棵大大小小一家子的树，有不认识的果子缀在枝上。林子边上是一丛花草的栅栏，开着粉白的月季，好奇地看着这些陌生的人。十数步外便是一条山里流出来的大溪，明净的清泉自石上哗然而过。溪流边是黑石头的田埂，仅容一人可过。站在田埂上望去，天地间朦胧一片，唯有水波在嫩绿的稻田间一闪一闪的晃眼。四周是黛色的山峦，描着几处温柔的绿，那便是井冈翠竹。山脚下是零散分布着的十数家两层的小楼；四野无人，只听得犬吠声。公路隐在山脚，无一丝的车声。市声遁得很远。人世安稳，岁月静好。不觉已融入自然，心中的方寸大得无边。

而此处民风确实淳朴，村民熟络地跟"随风"打招呼："来你朋友家玩了？"像是跟自己的邻居聊天。言谈不见都市惯有的焦气和冷意。过年的时候，还可以随便去一家过年。真的吗？这样的古风，即便是在我小的时候，也已经几乎不见了的，而这里还可以如此的安好，不由得人不喜欢。

　　再走远点，便是通往鹅岭的路。一边是清澈的流水依在山脚，一边是青色的山峦，翠竹满眼。这条石子路上少有人走，走起来也只闻得虫子在山野丛林间浅吟低唱。"独坐幽篁里，弹琴复长啸"——王维说的原来就是虫儿们的故事。偶然可见路边有户人家，主人在一根一根地劈竹篾，编竹筐。一群鸭子在溪边戏水，圆滚滚毛茸茸，蹒跚可爱。再往前便只有静默的山与流动的水。水声时远时近，竹林却总在眼前。四野清幽，偶有鸟鸣，走着走着就仿佛入了画中。山水画的好，我今日方能领略。

　　从鹅岭回来，在村口看见一棵开花的树，大家仰头看着，却都不认得。有人说像是橘子树，有人说像是栀子花树；忽地听到有当地的孩子脆声喊："是柚子树！"呀，原来柚子树是这样的，柚子花是这种颜色。

　　再回到营地，小厨房里煮着热腾腾的猪手，领队泡好了茶，"大恶"开始八卦，招来一顿打。屋外是细雨中的江南，窗户上映着明净的白和微雨中淡然的绿。当时只是喧闹，后来觉得温馨。记忆是一坛陈酿的酒。

　　回来深圳，想起临走时李家阿姨满脸的疲惫，心中觉得歉然：井冈山给我以淳朴，而我给了它什么？

"杀人"兵团

　　这世上能够把这么多人的热情都激发出来的，除了奥运会，大概就是"杀人游戏"了吧？这次在井冈山，也不晓得是谁，好像是"神遛"，提议"杀人"，于是一不小心组成了一个兵团，走哪杀哪，杀得很疯很天真。

　　这个兵团天天都工作到夜间两点，不下雨的时候就在室外就着暖暖的篝火"杀"，下雨的时候就在室内朦胧的灯光下隐隐约约地"杀"，吃饭前饿着肚子要"杀"，吃完饭力气足了更要"杀"。回程的车上霸了后面几排挤挤挨挨地"杀"，下车休息的时候就地围拢傻里傻气地"杀"，杀得惊天动地，杀得不能罢手，杀得醉生梦死，杀得流连忘返。

这可苦了夜里睡眠不安稳的人。在营地那两个晚上每晚都要听着"杀人"声音入眠，这可太有挑战性了。在外面露营的时候如此，到了室内宿营亦好不到哪里去，楼下的"杀人"声势不可当地透过木地板传上来，清清楚楚地听到有十来个人都称呼""毛毛雨""为"金牌杀手"，让我在楼上都仰慕得紧，要知道我这辈子可就只当过一回终极"杀手"，一般情况下都是第一关"杀人"就立即被认出来的！"杀"的时间久了难免要发昏，譬如"神遛"同学就曾经在担任法官的时候错把"杀手"当成被杀的，把人家踢出局，结果接下来他明白过来，自己也羞赧地躲入黑夜之中，良久都不露面。"杀"久了也认不清人，"神遛"就总是拖长了声音喊"毛毛——"然后接着的是"虫"，我的同事"毛毛雨"就这样被改名成了"毛毛虫"。先前只晓得"神遛"文章写得很妖冶很别致，这次才晓得原来他很天真很小孩。我们都已经坐上车回深圳了，他忽地慢声一喊"天黑了——"，很像天黑黑的时候，小孩子哭着喊着要妈妈的样子，于是"杀人"兵团很善解人意地围到了车厢后面，开始欢天喜地地"杀人"。那样子像是小时候过年，出人意料地收到了大人给的压岁钱，打开一看，呀，还是张五元的！一个个都喜在眉梢心花怒放！

如同这世上没有两片相同的叶子一样，这兵团也没有两个雷同的"杀手"。"毛毛雨"的个性大爆发，展现出了平时我压根儿见不到的一面，比如她总是一脸无辜的样子说："我怎么会是'杀手'呢？我肯定是平民啊。"真让人心生怜惜不忍怀疑，最终促成了她的"金牌杀手"之称。她还曾经扮演警察搞了个假跳井，成功地将自己的"杀手"同伴化装成平民。她这是怎么想到的？太神奇太有创意了。阿当若做"杀手"，铁定是"左一当右一当"只"杀"自己身边的两个人，而且他"杀"完人之后面色就极为诡异，你不得不当他是"杀手"。同样没法当"杀手"的还有我，因为一"杀人"我就不敢说话，脸也很烫；可平时不做"杀手"的时候，俺很正义很多话的！所以我若做"杀手"，基本上闯不过第二关。当不了"杀手"的还有海燕，她"杀了人"就一直发抖，声音也发颤，还紧张地摸鼻子。要知道楚留香要"杀人"之前才会摸鼻子哩！所以她一下子就 over 了。小鱼是高手，这个很有佛相的光头 GG 不光指认"杀手"很准，自己当"杀手"的时候忽悠人也很厉害，这个"杀手"很冷很邦德。

"杀人"的热情太容易传染了，"杀"的人兴高采烈，看的人也是目不转睛。比如燕妈咪就特别想坐在圈圈中央看"杀人"，因为这样能 360 度全景看，可好看啦！杀到最后大家都有感情了，以至于在体育馆下车的时候我说：各位"杀友"，拜拜啦！

鬼马

大夏天里，她围着她那著名的鬼马牌丝巾，飘飘摇摇地来到了井冈山。她的衣服都蛮别致，除了丝巾，还有一件白色的透明装，一件绿底子上映彩霞的云南蜡染长衫，衬得这个瘦精灵十分妖娆。很显然她是怎么吃都不胖的，我满怀赞叹："鬼马，我从小就想长成你这样！"她头也不抬地继续吃饭："我从小还就想长成你这样！"虽然明知道是她客套的敷衍我好让我不打搅她埋头苦干，可是心里还是好生受用！我当然很喜欢她了，这么鬼的鬼妹，都可以去演周星驰的电影了！我叫她"小鬼"或者"鬼"，她却不愿意，觉着我叫得太亲了。又没叫你"死鬼"，你怕啥？

她在雾气蒙蒙的大清早里飘到小河上的石板桥，对着流水做瑜伽，我没有看到，但是有 GG 看到了，他十分震撼，发出了直白的赞叹："那身材，真是好；那柔软度，真是好！"

她实在太鬼马了，即便在不"杀人"的时候，那表情也足以让我认定她就是"杀手"。"杀人"的时候她也常常先把我"杀"掉，因为她觉得我老是和她掐架，她很烦躁。她真是很情感用事。有次她做警察，被"杀手""杀"掉了，法官问："警察还有什么遗言？"她嚷嚷："我想上厕所！"

她不知怎的喜欢一些古旧的东西，搂着就是一顿狂拍。爬山的时候，到达鹅岭脚下，有处古老的土坯楼房，墙上裂了大缝，屋里黑咕隆咚，房门只是个黑黑的栅栏，看着有悠久的历史，她一时偎着那个栅栏，一时扑在那个黑窗上，露出小小的白脸留着特写，这个镜头太经典，以至于被领队说成是在"听墙根儿"。她十分喜欢拍艺术照，在我们都走了之后，和"南瓜"一道，在这原荒乡野拍了良久，衣着保守无一丝的媚眼却十足得尽风流！

大恶

和大恶的认识纯粹是不打不相识。几个月前走梅林，我穿了双新登山鞋，在雨中基本上一点都不湿。于是有人说这不是皮的，不然早淋湿了。我认真地说："这是防水的，皮的！"接着旁边就有人比我更认真地说："我带了刀子，你让我把你的鞋子割一下，要是皮的话就不会破！"我很生气地瞪了他好几眼，转身再不理他了。旁边的人笑着告诉我，他就是"丛林大恶"。

虽然我不想理他，可是腐败的时候还得和这个大恶人一桌吃饭。喝的白酒，我一点都不擅长，还是气吞山河的一口干掉，大恶深受震撼："我对你的印象很深刻啊！"我很干脆地回敬："我对你印象也很深刻！刚才就是你，要拿刀子割我的皮鞋！"大恶立即做出无辜的样子四下巡视："谁呀，谁呀！谁要割你的皮鞋，我打他！"笑翻了一桌子的人。笑声中喝了好多杯白酒。我没有醉，却去洗手间吐了。

和大恶接触得多了，就晓得这个恶人是刀子嘴、豆腐心，很替人着想的一个家伙。这次去井冈山，我早准备好了和大恶喝米酒，喝倒他个小样的……

不想这个恶人名声太响，以至于刚一出现，就有潮水般的一拨又一拨的新同学旧同学前来敬他酒，而且个个都是很仰慕的神情："我敬你一杯！"大恶听得心里很是受用，就飘飘然地一杯杯干下去，也不晓得到底喝了多少杯。井冈山的米酒确实厉害，初时不甚有力度，亦不觉奇，过阵子就会上头，觉得醉人。我只喝了几杯就很晕，大恶喝了这么多米酒，当是相当的上头，于是对着"随风"和"惊涛"悲叹："我太悲哀了，认识你们这些朋友！"接着大恶又唱了首红军的革命歌曲，得到了满堂彩。具体是什么歌我不记得了，因为当时我已经晕乎乎的了。大恶已经喝了很多，快要醉倒了，但还是对准备灌我酒的人说："你们不要欺负她！她是我妹妹！"太感动了，以至于当时很晕的我还是记住了这句话！大恶，你清醒的时候也要记得这句可歌可泣的话才好！我抹一把眼泪先！

　　喝多了的大恶被带去休息，第二天一大早就走了，因为他妈妈生病了，他要驱车百里回吉安照顾母亲。感谢大恶，这么老远跑来看这些山友，也祝福大恶的妈妈早日康复！

义卖

　　她生日的这天却刮起了台风，下起了大雨。她决定出去给自己买漂亮的衣服，当作礼物送给自己。在她常去的那家外贸小店里，她一边淘一边和旁边的人聊天。聊着聊着就发现和一个女孩很投缘，于是站在那里和老板娘她们三人一起，聊了有一个小时，一时忘记了外面的大雨，和这种雨天惯常给她带来的忧郁情绪。她说："我平时爬山的时候要是能经常看到你该多好！"于是她把人家带来玩。这就是苏。周日的早上在体育馆，苏如约而至，他们高高兴兴地坐车去生态庄园，像是去过一个小时候才有的，新鲜引人的，令人期盼的新年。

　　他们到达生态庄园的时候，定向越野的点已经打好了。三位领队：蓝六，180，巨石，前一天晚上就来这里露营、打点、布置现场。她没有说话，但心里很感动。再早几年她大约不会这么在意别人的付出，她大约也会觉得自己也可以这么做。可是后来她发现自己没有这么多的心意以及精力来做这么多的事。几番起落之后她方能开始对周围的人心存感激，对他们对自己的好多加珍惜。她觉得自己很迟钝。

　　她的方向感超级不好，基本上是出门走200米就会把自己走丢的。所以她从来不参加定向越野，只是在旁边看。园子里有荔枝可以采摘，于是他们开始去找荔枝。荔枝只数颗可以吃。她还是惦记着丛林集市。对了，她说要给木芙蓉的馄饨店当义工的。木姐姐忙里忙外，要收银，要包馄饨，还要煮馄饨，自己都没有工夫出去买东西吃。锅子小了，一锅馄饨只得两碗，一会就有人来排队并预约。包的人有几个，夏尔巴和木芙蓉包得最好。

她开始只会那种老家叫做饺子、到了北京被称作馄饨的包法，而在这里她发现馄饨不是这种包法。夏尔巴教了她两次，她总算学会了这种被称作元宝亦被称作护士帽的包法。看着两盒的馅被包完并且吃掉了，她觉得很有成就感。

她一直期盼着的常恩姐姐的虎皮尖椒终于出炉了，却被巨石这个家伙卖到了一元半根这么高的价钱。她比较喜欢集市上的鸡翅，这是一位她不认识的新同学烤的。她还想去喝"天下行"那家的小米粥，还有真优美牌子的泡菜，可是吃不动了。

下午的义演开始了，音响的声音大得吓人。她数次跑到室外，和飞鹰家的宝宝丫丫，天雷家的宝宝赳赳一起玩。晚餐的时候她给蓝六敬酒，蓝六死活不肯喝。大约她一贯如此，不是把人喝倒，而是把人活活吓倒。她又给雷暴敬酒，雷暴也不喝。她说："小莉都喝了，你怎么能不喝！"雷暴四下巡视："谁是小莉？"后来小莉晓得了之后，决定回家去吃掉一个榴莲，但是那个壳子要留着给雷暴。

（注：此次庆典是 2008 年的夏天，用义卖的形式为汶川灾区筹款。）

祈福

常恩

只是在春天的时候和常恩姐姐爬过一次山，就很喜欢她。她和 AA 姐姐一样，都信佛。我喜欢和她们说话，暖暖的，有很多的爱。

我也喜欢常恩做的虎皮尖椒，她自己做好了，带一大盒给大家分享。后来和她参加过一次周年庆的活动，我就缠着她带虎皮尖椒。结果，她除了带虎皮尖椒，还带了好多好吃的。那次她还做了喷绘的横幅，并一直忙着义卖。我则忙着包馄饨，并到处玩，所以没怎么和她说话。临走的时候我忙着和周围的人告别，却没来得及和坐在前面靠里的她说话，她就很嗔怪的样子，怪我不跟她道别。

这次要走三水线，是第三次和她一起活动。我又很赖皮地让她带虎皮尖椒，可是见了面也不知道怎么搞的，就掐起来了。她说我的头发怎么是个爆炸式，哪里有这样的老师嘛！她还说第一次见我的时候，我一路（和昏鸦）吵架，还像头猪似的到处乱跑，追着昏鸦打……气死我了。我就反唇相讥，说我们学生才不喜欢说话守旧、穿衣服古板的老师，学生就是喜欢我这种爱创新、喜欢新鲜事物、走在时代前端的老师呢！我还说她老土、落伍，看着就像是停留在 20 世纪 70 年代，哪里像我们特区深圳的人呢！

我噼里啪啦地说了一顿，常恩说不过我，只好一再地说："你这个牙尖嘴利的丫头，不依不饶的！" 我一点都不让步："那是因为我讲得有道理，我又不欺负人"！

说完，我就出去玩了。吃饭的时候，我也没有跟大部队坐在一起。她在大家一片欢呼声中出现了，那么多人都在盼望她带的牛肉和虎皮尖椒。

我赌气地坐在一边，也不去跟他们凑热闹。

反正她又没叫我去，我才不去。

我就是这么气鼓鼓地不去理她。都快吃完饭了，她喊我："你让我带的虎皮尖椒，你怎么又不吃？"我就说："你又不叫我。"

她很生气地数落我，我就是不去。最后，她也不理我了。

就这样，我也不理她。前天晚上看电视看太晚，这个月又一直忙于实验，又遇到一些事情，觉得人世寒凉，这么多事加在一起，累得没心思去跟他们玩。

孤独，疏离，冷漠，是现代人的特质吗？

一片沉闷之中上了回家的车。几句拌嘴之后又和常恩坐到了一起，结果不知道怎么搞的，我又和她说了很多话。这时我才知道，她有一个十几个人的公司要去管，24小时营业，一般要工作到凌晨两点才睡。可是，为了给我带虎皮尖椒，她凌晨四点多就起来开始做。这些尖椒还是她特别让她老公在前一天中午顶着热辣辣的太阳去买的。

我却因为跟她掐架而赌气，不理她，还死活不肯去吃她的虎皮尖椒！

我只知道怪罪人世的冷，却没有去想，这世上还有这么多的暖，我更不懂得体悟，甚至冷冷地将其拒之千里！

一路上，我和常恩姐姐聊个不停，回到家之后还跟她聊。心里踏踏实实的，多了许多安稳妥帖和清明平和，以及明朗生活的底气。这冷风乍起的清秋，冻得我又头痛感冒，却仍有一片温暖落在心头！

呼朋

　　小雨、文竹、月亮和我，四个人坐在大恶的车上。车上恰好有两支擀面杖，于是你们可以想象，这个恶人一路上受到了什么样的礼遇。反正是又打又掐，还被拽了很多次头发。大恶很烦，觉得他和两千只鸭子在一起——真吵!

　　除了我们，还有好多人要坐大恶的车，他怪为难的，于是决定以后买辆20座的大车。可是20座的哪里够啊! 我们建议他买一辆双层的大巴，这样整个队伍的人都可以在路上跟他聊天哩!

　　这个井冈山出产的"刘德华"哭笑不得，又怕我们看到他委屈的泪水，于是架了副墨镜，拽拽的酷酷的样子，像是一下子从农业社会步入了"黑社会"。可我们还是当他是农业社会来的，坚决要求去他家看他种的菜和果树，还有他养的snoopy。不答应的话就打，就掐，就闹，就要跳车，不是我们跳，是要把司机扔下去让他跳。

　　真是喜欢这些人啊。我喜欢小雨，因为她和我一样，是个傻瓜。我喜欢文竹，她像妈妈一样温柔。我也喜欢月亮，她有时候像我那么笨。最不喜欢的就是这个开车的"刘德华"了，他总要赶我走："你以后不要跟我们玩了，该谈恋爱就去谈恋爱，别来跟我们爬山。"真是比我爹妈还要啰嗦。

　　清净的蓝，光亮的白，暗香浮动的梅花，山谷里满是游客，可仍有这淡然的一片天。梅花的香隐约得很，我望着眼前这淡白的花丛，并没有十分的喜悦。诗意与感性的风筝早已飞去，岁月只留给了我手里这理性的长线和辘轳。而北方长大的我，还是喜欢雪后的梅花，冷冽中的一树艳丽。

吸一口气，仿佛又嗅到冰雪中清冷的空气，和这清冷中几不可闻的一点香。清冷令人清醒，我还是不喜欢这微醺的暖，和这暖阳里的梅花，我总还是喜欢摇滚一点的调调。

四散开来，各自拍照。忽然听到桑烟姐姐呼喊，原来这个4小时跑完马拉松的猛人，居然跨不过一条小溪。李大嘴背着一摞包包，飞奔过去救人。鬼马和漫游早已不知踪影。我忽然想起，吃饭的时候，他们就是忙着拍梅花，误了吃饭。我们已经开始饕餮，大恶还在找他俩。"细伢子，快回来吃饭了——"该配上这么声妈妈的呼喊哩！哦，还有啪啪的巴掌声的吧？

那顿饭恰是在花影之中，头上是暖暖的阳光。这情景像极了丰子恺的一幅画：

小桌呼朋三面坐，留将一面与梅花。

这么乌托邦的事情，也让我们给遇到了。"大恶"，我觉得你不需要再把我发射到火星去了！

没有不会笑的花

秋日

　　"飞队"带大家走的是一条新的山间小道，四野无人，甚是清幽。前方林木繁立，左右是秋草，青气满溢。豆荚，丝蔓，秋藤，带着秋意的红辣椒……秋色秋味秋声，此时多么像记忆中的家乡。我心微喜。

　　渐渐走向熟悉的梧桐山道，仙湖就在旁边。有标示拙朴，箭头指向右旁的弘法寺。我们一径向山上走去。山势渐陡，脚步趋缓。一会儿"跑得快"就停了下来，他昨晚三点才睡，今晨就体力不支。"飞队"陪着他歇息，要他吃块巧克力补充血糖，还要他吃牛肉干。"跑得快"面色发白，一会又吐了出来。"飞队"不顾旁边吐得一片狼藉，一直给他按手上和腿上的穴位，他说他是自学的经络和穴位按摩。按了有好一阵，"跑得快"说他感觉好多了，可以继续前进……好神奇！继续走，我就问"飞队"，有什么好法子可以医颈椎问题。他就教我如何做颈椎操，要用下巴颏写繁体的"凤"字，还特别说这个繁体字的四个点也很管用。我又学到一个康复的办法了。

　　走累了就休息。莉莎大姐一直冲在前面，休息时我才能赶上她。我刚跟她说："大姐我昨天……"她就很关心地问："是不是颈椎……""嗯，谢谢大姐，记得我不舒服。"其实我要跟她讲别的。记得第一次见到大姐，才一会她就热心地跟我说颈椎病要怎么针灸怎么拔火罐，要记得穿带领子的衣服，不能受寒。之前我们并不认识，只因我在网上说了我有此症，大姐就记得，这样的关爱，教人心暖。大姐还特别叫我爬山的时候不要穿登山装，要怎么穿才好看；还教我怎么拍照才好看，要把自己好看的照片贴上去。爱美的莉莎姐，也要我们美美。

休息时大家就侃大山。"猴哥"讲到他在澳洲，受到澳洲人热情温暖的照顾，很感动，情绪激动。又讲到中国的事情，佛山女童之死与路人的冷漠，"猴哥"十分激昂："中国的社会道德已经沦丧了！……我还特地为此写了首诗。"我忍不住说："'猴哥'我觉得你的诗写得不怎么样，但是你有一颗金子般的心！""猴哥"憨憨地笑了笑。一会"榆木"、"沙井蚝"、"道法自然"也赶来和我们会合，继续聊天。"榆木"这个名字真是大智若愚，和"牛憨笨院士"的名字有一比的。而"道法自然"则显然是喜欢道家思想。是哦，了不起的庄子，2000多年前的时候就如此亲近自然，畅享心灵之福，多么令人赞叹。

继续聊，才知道眼前这位开朗的阿姨是一位40后，却这么健步如飞，体力比我要好很多。她说她前几年忙着带孙子，没空玩，现在才能有时间和我们一起玩。再问她的名字，原来叫"哈哈笑"。真是好喜庆的名字。

下山走的是另一条路，记得这是犁头尖。夕阳西下，树影斑驳。坐听风声，良久未动。尘世已将心灵打磨得硬朗迟钝，此时我已不复敏锐，无法描述这秋日山中的清幽深远，高古空旷。

而这一天的行走，令人有酒醉的微醺之意。回家后打了电话给花花、小丽、小芳和昱熙，给她们讲这一天的驴行生活是多么的温暖热情。我一再执着地说："我想把这种热情传染给你们！"花花说："那你怎么不把这些都写出来，让更多的人分享呢？"于是我写了这篇文章，记下这林间的赤子之心，这现世冷峻之外的山间温暖。

武功风云

在路上

大巴开往江西，长路漫漫。"伞队"搬出音箱，"铁牛"开始主播，大伙卡拉 OK 飙歌。一时风起云涌，英雄无数！"HF 芳"夫妇技惊四座，"天心"把《无言的结局》唱得沧桑深情，和他搭档的"高原"则唱得没心没肺，听不出情感。"花心"的声音很烟行媚视，有一把好嗓子的"票红"把歌唱得爱谁谁无所谓，"妞妞"的音色颇像凤飞飞。以前知道"茉莉"的舞跳得迷人，这次才知道她的歌也唱得精湛，真应了音乐家小柯说的：舞跳得棒的人，歌也会唱得好，因为节奏感好。"梧桐雨"唱了首情歌，引来无数女粉丝的尖叫。现在我知道雨哥怎么会这么情深似纳兰性德了，因为他有个很诗情的名字，叫雪军。

间或我还要插播段广告，讲讲星座上的发现：凭着神奇的第六感，我猜出了热情直爽的"梦游天涯"是射手座的，气质优雅的"HF 芳"是天秤座的；公平正直心有大爱的"弦乐器"也是天秤座的；一回头看到"哈亲"，忽然就觉得她应该是巨蟹座的，一问她，果然是，而且竟然和我是同一天的生日。世界真奇妙。

不唱歌的时候我们就聊天斗嘴，像演情景喜剧。"天心"戴着大耳机，一边专注地看 iPad，一边跷着二郎腿，还摸着脚脖子，看起来很不洋气。我忍不住说："你们看看天心……""天心"一梗脖说："农民就这样！""漫游"在旁起哄："有了 iPad，想干啥就干啥，想咋就咋！"是哦，就是有了 iPad，"天心"就坐到"高原"旁边了，一路上引数个英雄竞折腰。

"漫游"领队一直在导航，联系酒店，联系饭店，时不时还要被我掮架。偶然我觉得过意不去，就很尊敬地赞扬他，说他靠谱。但是我绝不和"漫游"一起打牌，绝不！

　　总有很多个电话响起。"天心"路上不时在和嫂子说到哪儿哪儿了，是什么什么路，什么什么山。有人挂念的人，真甜蜜。"237"则在电话里问女儿："要兔子吗？红色的？哪儿有红色的兔子，只有白色的、黑色的、灰色的兔子，没有红色的兔子……那亲一个？"好幸福的女儿，好幸福的爸爸。

武功山上的松树

雾

兄弟姐妹们

小别

"小别"盘了发髻,镶了黑色的耳珠,彩色针织衫下搭一件白色小吊带,似乎还穿着小高跟鞋,一路无声走过,佯装一个淑女。没多久就恢复了她的猛女本色。我们问她为何不来丛林,小别说这里的帅哥越来越多了,她怕hold不住。在车上时,彪悍的小别无声地来到"天心"和"高原"背后,高原听闻,满脸惊慌,赶紧逃开,让位置给小别。

晚间吃饭的时候,我们称天心为领导,财务小别不高兴了,一拍皮包

不知名的女孩

山间

说："钱在我这儿呢！你们说到底谁是领导？"我们赶紧尊称她为女桌长。席间天心说他对梅州女人的印象最好，温柔贤惠，天心十分倾心。小别又不高兴了，举着杯子喊："来，为我们非梅州女人干一杯！"于是我们心有戚戚大快人心地干了一杯。

高原

这一路高原十分辛苦。总要忙着联系饭店，联系酒店，联系景区管理处，用她的导游证为我们省了很多钱。高原还要为我们安排住宿、饭食，可能操碎了心。

吃饭的时候菜有点辣，高原就说要些不辣的菜，因为她看到"哈亲"都没得吃的。

晚上我和高原住一个屋子。作为一只胆小的巨蟹，我老问她锁好门了没有。高原豪气冲天地说："别怕，有我呢，我保护你！"哎呀，瞧她那细胳膊细腿儿，可怎么保护我呢？

义薄云天的高原曾经在游泳的时候声援过我。游深水的时候我很害怕，特别怕跟漫游一起游，因为他曾经威胁说要把我淹死。高原气壮山河地说："他敢淹死你，我就淹死他！"以后姐不怕漫游了。

伞下

"伞嫂"说"伞下"老欺负她，他们家的饭都得她做，衣服也都得她洗。伞下啥也不干，净看电视，玩电脑。"瑜伽"说男人就是这样，娶了媳妇以后，就从奴隶变成了将军。女人呢，"一直都是女奴！"她们这么说着。

将军伞下原来是摩羯座的，难怪这么爱打击人。

摩羯伞下将军也可幽默了。我们都从江西往深圳赶回，酒店打电话说有个房间掉了件衣服。"237"就很细致地在电话里问："是短袖还是长袖？洗过没有？……"伞下说："你这电话费都赶上衣服钱了！"

山寨伉俪

从武功山下来，大雨倾盆而下，我们只好暂时在一处小店避雨。"山寨"和"早晨彩虹"伉俪就和我们一起聊天。彩虹姐温柔内敛，刚柔并济，是个警花。她该是什么星座的呢？

聊着聊着才知道旁边的女孩是山寨夫妇半路上捡来的，一个迷路的小姑娘。她和同伴在萍乡那边上的明月山，而后她走错了路，走到安抚这边来了，而她的同伴还在萍乡，她的钱包也在同伴那里，她身上没有钱。

我们开始七嘴八舌地讲话。我劈头就批评她怎么不把钱包放在自己身上。"花心"MM很有经验地教她怎么一路搭私家车回萍乡。旁边有个大姐听了会，说他们可以开私家车，带她回萍乡。小姑娘内向地听着。

一会小巴来了，我们要搭车下山。一行人匆匆去赶车。彩虹姐给了小姑娘两百块钱，山寨教她以后小心，身边要带有钱。彩虹还不肯让小姑娘还她。真是侠骨柔肠，神仙眷侣。

缥缈仙境中

车子从安抚出发，开向武功山脉。一路可见山脉绵延不绝，云雾缭绕其间，无有穷尽，仙气顿生。山脚下是青嫩的稻田，偶有牛群。田畔古树多姿，水清有如明镜。我不时惊叹：这里拍照一定很好看！

来到山下，大巴不能进山，我们沿着山间公路开始徒步。绿竹满目，山风清凉，湿润，云雾缥缈，总在眼前。缓步向前，便渐入雾中。此时再看，山峰青葱雄浑，气势有若将军。我们已在仙境。

行至一庙，大家开始午餐。天色银灰，有大风吹过，担心一时会有大雨，踌躇不前。然而一抬头瞧见上面山上皆是草甸，轻雾弥漫，十分烂漫，于是开心前行。

云雾愈来愈浓，不时有山风吹来，霎儿雨，霎儿晴。再一霎时，忽然看到右边山峦起伏处，周遭皆是乌云，此处却有亮光若银，一棵小树独立亮光之中。何谓空明，此时此处便是空明。一行人尖叫沉醉，既痴且癫。

忽然又有云雾飞过，亮光霎时不见。山上风景变幻不停，莫能预测，亦难握有。再一抬头，忽见近旁草甸上有片温暖阳光，周围则是水墨氤氲，风雨满眼。然而此片阳光却也不能久留，转瞬便是烟雨飘来，雾气一片。我站在山上想：这千百年来的武功山，不晓得有过多少风云变幻，亿万种风景？它是否从来不曾重复过自己？它已经给了我这么多的惊喜！

云雾一直都在，天色缥缈。忍不住要痴痴地想：在这里住久了，是否就会沾上仙气？而此时我的人生理想，便是在这里做一个神仙，或者妖精，每日里飘来荡去，遍赏风景。万丈红尘又算得什么，此时抵不过此间一缕山风，一阵轻云。

下山时的风景又是别样的摄人心魄。大雨骤至，山间满是闪电雷鸣。间或雨住，满目晴空，有纯蓝若孩童眼睛。云雾依旧满山，天地有若洪荒。山中景致清新，飘逸出尘。待至黄昏，有蛙声满山，岭上白云缓步而行，四野氤氲，天地空明。无声息跌进这水墨的无涯的荒野里，心中一片迷蒙。

家常

在路上

　　九点钟，小巴开往从化，车上大伙开始七嘴八舌话起家常：说起"漫游"他们去了敦煌，"天心"整天向佛，"飞队"全面吃素，国庆还有一伙人要去俄罗斯看美女，而女警莉莎大姐都退休20天了。你能看出来吗？看她那么青春活力，还以为才30岁呢。

　　话说莉莎大姐烫了烟花烫的头发，带着迷彩的帽子，穿着粉红的短裤（后来她特别纠正：不是短裤，是热裤），露着一双美腿！这可是在重案组干过二十年的女警啊，看起来好像是帝国主义国家的邦德女郎。

　　"邦德女"不喜欢人家叫她阿姨或者奶奶，就愿意人家叫她姐姐。漫游曾经问她："我儿子（十岁的橙子）该叫你什么？""邦德女"说："叫姐姐！"

　　领队"梧桐雨"听名字好像是个爱诗之人，但实际是个爱吃之人。他之前曾带我们去从化包饺子，炖鸡汤，好像过年一样开心。路上我们全都沉浸在美食的回忆里，嚷嚷着再去包饺子。因为我们有大厨"秀秀"，超级能干还特别妩媚妖娆的美厨娘。

　　秀说："要给我发奖金。"

　　我答应说好，就打算在电脑上用photoshop画个万元美钞，打印出一叠来。后来觉得这还不够，就很实诚地说："我能合成很小的宝石，不过很小，就一千分之一毫米那么大。等我把它长大了，送你几颗吧。""能量棒"说："等她把宝石长大，都得两千年以后了。"秀说："两千年以后，我们就都成宝石了。"真是明珠投暗。

梧桐雨他们还在讲从化的菜多么好吃。秀说："我上次买了三斤野猪肉，真是好吃！"梧桐雨说："我上次买了三斤的菜心，回去炒了吃，一会儿就抢光了。这次我一定要买十斤回去。"听着听着，焦躁的心情一下就这么舒缓开来，我开始拿起手机发短信，问老爹感冒好了没有。之前我一直有跟他赌气来着。是谁说过，家就不是个讲理的地方，是只能去包容的地方。我一直都太过讲理了？

路上继续侃大山。侃到前年的中秋，我们四十多个人来南昆山过节，还办了晚会，放了烟花。怎么我觉得就像是个把月之前的事呢……我还记得飞队临时把我任命为主持人，我要想着怎么串词报幕。飞队要唱一首《军民一家亲》，我刚报完幕，下面就有人起哄，说："是警匪一家亲！"我就很认真地站起来纠正说："我刚才报错幕了……"

梧桐雨他们继续唠叨，说起好多如雷贯耳的地方：梧桐山恩上村、九峰、排牙山、千米山、船底顶。蛰伏许久的活力又被唤起，准备着奔向山峰，呼啸而去。只是已经好久都没有这样的活动了，遗憾！

不过有人不稀罕，比如"教头"。教头说他年轻时候是在冶金公司工作的，早就随着公司跑遍了全国各省，看够了各种风景。教头说他们去的地方都是原本环境和民风都很纯朴的地方，但是等他们走了，民风和环境就全被破坏了。秀说："有建设就意味着有破坏，能量是守恒的。"秀你好懂哲学啊。

教头又忆起当年在河南工作的情景，总和河南兵团的人打架。我问："干吗打架？""干吗不打！"教头说话的口气仿佛打架是天经地义的，"抢资源啊！""美女吗？""那当然！"秀又在旁边总结说："对于男人来说，只有两件事情是他们感兴趣的：枪和女人。这是男人的天性。"教头深以为然。

接着教头又津津有味讲起了当年他们是怎么欺骗焦作人民，后来又被焦作人民骗了的故事。看来河南人民和湖南人民都不好惹。教头今日定居深圳，相妻教子，看起来蛮斯文，言谈间隐约可见旧时的匪气，野猪已然驯化成了家猪。

说笑间到了伟祥农家餐馆。十几个人围着一张大桌吃饭。好丰盛的午餐，有很筋道的土鸡，蜜甜香糯的鸭，鲜嫩清新的鱼，薄如蝉翼的鲜笋，清甜的菜心。还有霸王花做的汤，吃起来好像老家的汤面。一大碟紫苏炒螺。奇怪我对紫苏总有着特别的亲近感，是因为这个词同时让人想起紫儿和苏蓉蓉吗？还有一盘豆角豆叶炒茄子，真是憨头憨脑的炒法。还喝了石榴树叶泡的茶，厚实得好像历史。米饭是砂锅焖的，一小粒一小粒，嚼起来好香甜。梧桐雨说这应该是他们自己种的水稻。我一直兴冲冲地吃着，全然忘记了长胖的可能。

竹林中

台风路过，雨落山中，竹林里氤氲一片。外面淅沥下着雨，我们只好在别墅中搓麻将，打牌，侃大山。教头说他家十二岁的公子俨然是个愤青，和我可以说到一起。我就跟他们讲，说我是个有名的愤怒摇滚文艺女青年。我有同事是这么讲的："一个文艺女青年吧，挺普通的；一个摇滚文艺女青年吧，也挺普通的；一加上愤怒两个字，就境界全出来了。"姐听了心里头美滋滋的。

天南地北一顿乱侃。教头说苏联的问题在于国家为了防止公民有私心，就设置了庞大的监督系统监督公民，最后监督系统太过庞大，负担不起，终于瘫痪。真是这样吗？我蛮疑惑。我不时打断教头讲话，发表我的观点。教头谆谆教导我说："你要想找到好的男朋友，就要学会倾听。"好吧，姐接受批评。

客家妹子媚在泡茶，好贤惠的样子，让人想起了"美言"。每次出去玩，美言都是这么默默地做事，照顾我们大家。可惜这次她不能来。我们想念贤惠的美言。

外面雾气一片，竹林里满是清幽。我拉着莉莎大姐出去拍照，时而跟她吐好多苦水，大姐暖言开导。一会儿她又摆出风情万种的 pose，我觉得好像山寨版的白娘子。间或我拍了雾气中的山川和竹林，看起来满有意境的照片。教头家的公子看了，颇不以为然。教头笑说："他这么大的时候是最叛逆的，非要标新立异不可，大家说好的，他偏要说不好。"我颇觉得是千里马未遇伯乐，也不在意。

屋里的麻神们有着旁人难以分享的快乐。"糖果"专心搓麻将，不喜欢我在旁拍照，她讲话声音好硬朗。后来我说她凶，是狮子牌的糖果。她听了还蛮委屈，讲话的声音一下子就变得软软哆哆的，音调好像从升 7 变成了降 1："那你要注意饮食，不要长痘哈。"狮子座的女生一温柔，就成了一只大猫。不过也是只粗声粗气的猫，一点都不娇媚。

娇媚的是"秀秀"！我总说她好有风情，水瓶女真是妖娆。秀总是忙着照顾大家，吃饭的时候，她和莉莎大姐一起，点菜，催菜，分菜，看着我们吃个肚圆。我由衷地赞美她们好有爱，好爱我们大家，所以我也爱她们。

雾气中的竹林

一路都吃得好饱，真是汗颜……孙燕姿的歌里有批评过的："餐厅选在吃到饱，一瞬间什么浪漫都死掉。"可是死掉浪漫，生出豪情，不也是蛮好的吗？

　　颇有豪情的还有"柚子"mm，秀家的儿媳。婆媳俩真是好像。柚子是东北女孩，她一讲话我就觉得好幽默大气，就很想笑。为什么东北人讲话都好幽默大气呢？是因为天气太冷，做事很不容易，因此就把性格磨炼成这么大气和幽默了吗？

　　周末的两天时间就这么过去了！好温暖有爱的日子。这日子应该是暖黄与粉红的，偶然有一点蓝蓝的，仿佛婴儿服装的颜色。有好多的快乐。"要知道快乐是需要想象力，逆向思维和幽默感的。当大多数人沉溺于焦虑和痛苦时，有些人示范出快乐的多种可能。"这段话不是我说的，是周六的《南都报》城市头条这么讲的。你看，我们就是这么一群热爱生活，示范出快乐的多种可能性的聪明娃。

美食行

10月4日

食神们

近九点时，从丹竹头地铁站出发。十一个人，三部车，开往梅州。

路上说起美食。梧桐雨津津有味地讲起，去年他和阿秀、才哥、阿芳去霞涌海边，买了海鲜，自己烧菜吃。"是阿秀一个人做的，她做了十四五个菜，全是海鲜。都没想到，用电饭锅和电磁炉都能烧出这么好吃的海鲜！"那次因为下雨，我就没去，没吃到这么丰盛的宴席，真是懊悔。要知道我平时可是几乎不会后悔的。

秀是超级厨娘。上次在百安，我在旁边看她和阿芳在做菜，就学会了好多菜：原来白斩鸡就是把鸡煮十分钟后，晾凉，切块就好了；鳗鱼是用油煎七八分钟即可；鱼锥要蒸十分钟；鸡杂可以炒丝瓜。

梧桐雨说起他回家也做白斩鸡了，可是不怎么好吃。我问他："你有没有买活鸡？""是活鸡啊，超市里买的湛江鸡，现杀的。怎么就不好吃。""那你煮了多久？我看秀她们是煮了十分钟的。""我煮了十五分钟啊。"秀说："做白斩鸡，料很重要的，要用姜蓉，加油炒，加葱白，再加少少一点盐和酱油……清远的戒指鸡，最好吃了。要买戒指鸡来做白斩鸡。我在布吉都没有吃过更好的鸡呢。"真是食不厌精。今时今日我已明白，爱美食即是爱生活，是对时光的尊重。美食亦即生活。

一会我又问梧桐雨，上次从百安回来，阿林做了什么好吃的。梧桐雨说阿林做了杂鱼汤，里面放了酸菜和一块豆腐，味道蛮好。还做了炸柠檬鱼。

沙虾炒了韭菜花。"阿林他小姨和妈妈都过来了。我在他家睡觉,阿林烧了一下午的菜。叫你去,你又没去,没口福啊。"嗯,上次阿林要我去他家吃饭,可是我觉得要去别人家做客,挺拘谨的,就没去。

梧桐雨又说起"丛林老鼠"做菜也很好吃。"上次我们去大南山,在寺庙里做饭。'老鼠'就用那里一口那么破的生锈的锅,做出了七八个菜,都很好吃。"我惊讶地问:"生锈的锅?是你们捡的吗?""不是,是寺里的锅,很久都没有人用了,生了很多锈。我们就买了猪肉,化成油,把锈去掉了来炒菜。那次'老鼠'说我们可以点菜她来炒的,呵呵。'老鼠'说你们想吃什么就点,我给你炒。我们点好了菜,她就说要几斤几两什么菜,要我们去村子里面买了,回来她烧。很好吃的。"食神啊!

说着说着大家又盼望着天冷的时候我们去从化,泡温泉,再租了小别墅,再一起包饺子。好像过年一样的呢。说着说着我就很开心。

梅州美食

从梅州到深圳,开车要六个小时。如此我们只好在路上吃中午饭了。梧桐雨打电话问了表弟,什么餐馆的菜好吃。可是导航系统却一时没有找到。我们就在路边一家农家乐吃饭。先上的酱碟,蛮让人感兴趣的:酱油里泡着绿色的叶子,不晓得是什么。我尝了尝,觉得很像藿香,但不确定。秀特别鉴定了,说这是薄荷,又叫金不换。"薄荷可以做汤,也可以用来煎鸡蛋。"梧桐雨说。我听了好惊奇。之前只知道薄荷梗可以泡茶;还有谁说过,做鱼的时候,放点薄荷,可以去腥。不知道薄荷原来还可以这么吃。梧桐雨说他家阳台上就种着薄荷,是从南昆山挖回去的。真是热爱生活。

中午吃的是客家菜,不见酸辣,味道清淡。有萝卜苗、红薯苗、笋和菇。还有红烧肉,颜色腥红,有人不敢吃。梧桐雨说这是客家人用红米熬出颜色来,和肉一起煮,才烧成这个红色。不想吓人一跳。

下午驱车前往大埔。三辆车有快有慢,一路上走走等等。路上看到一条江，秀说以前人们就是从这条江出发下南洋的。秀这次是领队，做了好多功课，所以一直在讲解。路上她特别要停下来，要我们去看一家石头的围楼，还跟我们讲，房子前的池塘是聚财的，客家人很讲究风水。我听得半信半疑。

晚上要住在大埔。秀担心国庆节期间，我们找不到住的地方，一早张罗着让她同学帮我们订旅馆。才哥却说到了再找旅馆就可以，大埔少有人来，旅馆应该不会住满。两口子颇争执了一场。两人一个保守，一个冒险，兀自辩解，听得我们莫衷一是。

最后，我们还是先找了旅馆，再去找吃的。看到一家写着牛肉丸和牛胎盘的店，大家就要去品尝。只是店里已经有一二十人，围着个大桌子，是一些大叔大婶在聚餐。有好大盘的虾，和好几个火锅，很是引人。门口有张小桌子，四个小孩子和一个大人在吃饭，应该是老板自己家的人。孩子小的有两三岁，还要大人喂饭；大的六七岁，四个孩子一人前面半杯啤酒。真是豪爽的家风啊，喝酒要从娃娃抓起！

店里已坐不下，我们十一个人继续去别处觅食。旁边有家水果店，才哥问这里有没有好吃的饭馆，老板娘说："我知道有一家，又大又好吃，我带你们去，十分钟就到了。"才哥就跟老板娘走了，我们随后前往。谁知道路程蛮远。路上有的有路灯，没的路段黑漆一片。我们就这么长长地走了好一段路，才到店家。里面好多桌客人，蛮喧闹的，也不晓得好不好吃。很快上了菜，不想果然好吃！他家炒的豆腐特别柔软，还仿佛有着鸡蛋一样香美，真不知道是怎么做出来的，从来没有吃到过这么好吃的豆腐。还有汤圆一样的一道菜，香咸黏糯，秀说这是算盘子，真是形象。"是木薯的根做的。"也是梅州特产了。青菜也好，青碧一盆，很有精神，见之醒目。我总结说："才哥的冒险成功了。"

我们仨

晚上我和张玉、黎珍住一个房间。我的原名也有玉石的意思，这样我们三个的名字都是珠宝，也真是有缘。我们是第一次见面，她们两个是 80 后，我是 70 后，讲话却也不觉得有代沟。张玉是金牛座，黎珍是双鱼座，和我这个巨蟹座确实比较搭。一会我们就混熟了，我就管她们叫"金牛"和"双鱼"。

张玉说她很注重生活品质。想起来了，白天的时候，她给我吃了小面包，是紫薯做的，看起来软软的，吃起来却很有嚼劲，朴实的外表下有着强大的内心。张玉还要我去香港买面膜，特别要我去买补水和去黄的。"就是因为油水不平衡，补水不够，所以才长痘，调理平衡之后，就不长痘了。"黎珍和她合计着要给我设计发型，改变形象，准备从头打造一个全新的我。我从谏如流。

三个女人都很爽快，一见如故。自然讲到感情问题。一会儿张玉说："那你说我这样一个人同时喜欢三四个的，该怎么解释？"我想也不想就脱口而出："我唾弃你。"她不吭气儿，也不以为忤。第二天我就爆料，说她同时喜欢三四个人，她有点窘，说我是"一流的广播员"。我大义凛然地说："你要接受人民群众舆论的监督。"她后来喂我吃了块柚子，我问："这是不是封口费？"她听了也只是憨憨地笑笑，大约是不晓得怎么答我。

她们两个洗漱之后拾掇了好久，又是描眉，又是卷睫毛，还要涂若干种霜。相比之下我觉得自己好 man ！

10 月 5 日

土楼文化

吃过早饭，开始前往永定土楼。

去年国庆节我来过土楼，是跟着户外俱乐部的人来的。出发的时候遇到了堵车，本来八个小时的车程变成了十八个小时。开车的师傅不停地启动再刹车，好辛苦。后来在土楼我请他吃红心柚，谢谢他这么辛苦给我们开车，师傅很实在地说："不用谢，这是我应该做的。"那次我还掉队了，天黑的时候和大伙走散了，自己在一个土坡上等他们，一边还拍着漫天的白云和几棵古松。领队后来坐了摩托车来找我，我买了米酒答谢。一晃就这么一年过去了！

这次来看土楼，已不觉得新鲜。只是还是觉得围楼里面有好多住户，这样很容易发生争执。当地人说如果吵架了，就请一个有威望的族长来调和。在这样的围楼里，和一大家族人一起生活，生活应该相当隐忍。林语堂曾经说过，中国人为什么温柔好脾气，是因为大家庭里要学会忍。真是觉得难以想象。如此我宁可要孤独的自由，也不要这么热闹的隐忍。

一时又蛮感慨：那时候的汉人，忍受不了中原的战乱，就迁徙到这里的深山，以求安全。来了之后又要躲避土匪，只好建成这样的围楼。这里日子不好过了，就想法下南洋以谋出路。去南洋的人们，也只很少一部分发家，衣锦还乡，大部分还是要在当地苦拼。真不容易。时光辗转到21世纪的今天，我们这些牛仔不也一样，从天南海北来到深圳闯荡，左冲右突……

下午开车回梅州。路上可见夕阳，照着山谷里的竹林树木。不时可见金黄的稻田，一时又见村落有炊烟升起，颇有诗意。

春田花花同学会

傍晚回到大埔，我们决定去昨天那家饭馆吃饭。我们吃了艾草煲的牛胎盘汤。初时觉得太咸，想请店家再放点汤来冲淡，后来才发现我先前在碗里放了酱油和朝天椒。这可怪不得别人。梧桐雨说："还是昨天晚上那家好吃。"他们晚上出去吃了宵夜的。"那家的超好吃，半夜十二点了还好多人吃。"真是爱美食的家伙们。

老板他们一家正在吃饭，看我们来了，放下碗给我们炒菜。大约是父女俩，张罗着炒啊炖啊的。炒完了，他们接着吃饭。女儿很勤快，吃完饭就洗碗，擦桌子，不得闲。父亲一望而知是个阅历丰富的人，样子坚毅，举止淡定沉稳。还有两个人大约是儿子和媳妇，在旁边帮忙。儿子做事明显不如女儿麻利勤快，也没有她自如开心。一时不晓得儿子做错了什么，母亲在旁批评，儿子低头听着。

吃完饭就要上路。我们想直接开车回深圳，秀却说她有同学在梅州，约好了要见面的，于是跟着她去梅州见同学。还以为只是说几句就走，没想到她同学要带我们去吃狗肉煲，不吃狗肉的就吃黑蒜煲，还点了腌面、田螺、炒年糕。炒年糕真好吃，像我小时候母亲做的炒凉粉。可是如今我和母亲却是如此疏离……

秀忙着和她同学讲话，她们俩几年不见了。她同学看起来好温婉贤淑，原来是个纯真的白羊座。她讲起女儿也是巨蟹座的，很黏人。她出门的时候女儿就打电话要她快回家，不要在外面住。我说："我们巨蟹座就是这样的，很恋家。"记得我小时候要离家去上学，就总是哭个不停，特别不想离开家人。说着说着，就约梅州的这几位朋友来深圳跟我们玩。我跟他们说，我们在深圳，烦了的时候就去山里暴走，走着走着就很开心，烦恼什么的就没有了。"我们是山里的野人。"他们觉得好新鲜。我又绘声绘色地讲，我们这伙人是怎么去从化包饺子，去海边煮海鲜，怎么像小时候过年那么开心。说得他们很是心动，就约了冬天和我们一起去泡温泉，还要一起包饺子吃。

十一点钟，告别梅州的朋友，开车回深圳。大约五个小时的车程，才哥一直在开，阿秀有时替他开。路上才哥给我们上了课："做人不要刚，要柔，不然会吃亏的……我年轻的时候，那是天不怕地不怕的……"我听了后说："年轻的时候就像练拳击，勇猛刚烈，年长之后就会像练太极，看似柔和，其实很有力。是这样的吧？"才哥说是的。路上并不堵，车子飞快地走。下午五点钟，我们回到深圳。到家里洗漱之后，倒头就睡。做梦的时候梦到我飞了起来，是拽着一大片白云飞的，还飞飞停停，好不潇洒。

土楼和花朵

百安的一天

阿林，阿林的朋友，梧桐雨和我，我们四个人坐一辆车，阿秀和阿芳在另一辆车，在地铁站集合之后，两辆车开向百安。

阿林带了早餐在车里吃。梧桐雨说，要是和秀她们一辆车的话，他就不买早餐，因为秀会带很多吃的。是啊，秀总会带很多吃的。不晓得这次她又带了什么。

路上我指着高速路两旁的花说："这就是朱槿花，一根枝条，直直向上，开出好大的花。我的网名就是这个花名。"

说着又问起美言怎么没有来。梧桐雨说，美言她老爸来了，她要照顾老爸。"美言这次买了房子，爸爸和哥哥都出钱了的。她老爸把棺材板的钱都拿出来了，她要是不在家陪老爸，她爸要打她的。"我猜美言肯定对家人很好。她平时对我们都这么好，对家人应该更好，所以她爸爸和哥哥对她也这么好。

聊着聊着我们就到了百安，找了餐馆吃午饭。午饭吃了好多鱿鱼、扇贝、墨鱼，还有花甲和螺。花甲里面有很厚的香汁。螺里没有紫苏，我还是觉得紫苏炒螺好吃。

饭后秀和芳去市场买菜，买了许多海鲜和蔬菜，还有蒜、辣椒和水果。我一路都是跟班，一直跟着她们去了海边的农家小别墅。三楼一个楼层都给我们住了。阿芳他们开始打麻将。我在窗口晒太阳，一边学泡工夫茶。下午阳光醇厚，照在窗口的茶具上，阳光澄黄，茶具暖红，两种颜色交织在一起，明媚绮丽，令人沉醉。一时看到光线很好，我拿出相机开始拍照。

一会儿我叫他们喝茶："茶泡好了！是要先把茶叶洗一遍对不对？我洗过了。"阿芳纠正我说："这是普洱茶，要洗三遍的。洗一遍是洗不干净的。"我不好意思地说："我就洗了一遍。给你们喝的茶水就是第二遍的。"他们哄然大笑，但还是把茶喝完了。

下午快五点的时候，厨娘们离开麻将桌子，开始准备晚餐。我在旁边打下手，顺便学艺。原来鱼仔要用热油炒；鳗鱼要煎七八分钟；白斩鸡就是把鸡煮十分钟，然后切块，晾干；鸡杂可以用来炒丝瓜。大伙忙成一团，好像小时候过年一样，忙碌中希冀着好多好吃的。时光一不小心就倒流了二十年。七点左右，开始晚餐。围齐一张桌子，饕餮着海鲜，喝着啤酒和可乐。外边有涛声做伴。时光温暖得好像从前。

晚饭后去海边玩。梧桐雨买了孔明灯，我们开始点火，想把灯火升起来。

放孔明灯

百安的海

遮浪海边，露营的人们

一开始总也升不起来。海边的风好大。梧桐雨慢慢地试，耐心点火，孔明灯终于升起来了，一直向上，飞过树梢，一直飞到远远的夜空去了。

第二天我们要离开百安，返回深圳。临走时房东说要送我们一挂香蕉。秀非要给她 30 元。她知道种地的苦。芳有点不悦，却也未多说什么。一行人接着去了码头买鱼。有渔民们穿着皮衣裤，从海水里走过来，打鱼也很不易。大伙买了不少新鲜的鱼和虾。阳光照着海面，白得有些茫然。

回程的路上是阿林的朋友开车。阿林在车上说，他现在很想念妈妈，十九岁的时候，爸爸就离家走了，从此他再没见过爸爸，现在也不知道妈妈在香港怎么样，电话总打不通。梧桐雨劝他不要担心，不会有事的。一会阿林又说要下厨煮海鲜给我们吃，还要我去他家玩。

"我家很大的。"阿林说。

可是我记得刚才他还在问，下周如果去南昆山，会不会花很多钱，因为他担心自己没那么多钱。他现在却这么热心地叫我们去他家吃饭。这多不好意思。梧桐雨又在唠叨，真是典型的处女座。我跟他说要多锻炼身体，这样才能把血压降下去。我自己也要多多锻炼，这样才能恢复先前的活力。说着说着我们就又盼望冬天的时候再去从化，去泡温泉，还要一起包饺子吃。

语录集 我和山友

237

　　"237"有次夸奖我："你又壮又美。"姐听了只好憨憨地无声地笑笑。

蓝媚

　　有次我跟"蓝媚"说到帅哥。

　　我说："你勾勾小手指头，帅哥就来了。"

　　她真的勾了勾小手指头。

打边炉，涮火锅

小别

有次"小别"说："我有狐狸精的心，但是没有狐狸精的貌。"

小别，你真是朵奇葩啊。

昏鸦

我刚玩单反的时候很发烧，像祥林嫂一样跟人说："去看看我拍的照片吧，可好看了！"

"昏鸦"很不屑一顾地说："我现在不屑于跟你讨论！单反刚买回来的时候，脑子都是坏的，烧坏的！"

有段时间我很迷星座，差不多见人就问："你啥星座的？"有天我忽然想：昏鸦是啥星座的呢？就打了个电话问他啥星座。昏鸦当时正在上班，一听我问他啥星座的，就说："我要吐血！问我这个。"

他可能以为我给他捎了鸡毛信呢。

伞队

"伞队"说："没地儿住啊？来我这儿吧。我这儿有的是房间。我还能给你安排个好号码，三个 8 的号！"

伞队是在看守所管犯人的哦。这么好的号码，你敢要吗？

打牌

好些人都知道我和漫游绝交了。

他们就问："为啥绝交了？"

我说："漫游羞辱我！"

他们问："到底怎么羞辱你的？"

我一时半会也说不出，想了想说："我打牌打得不好，漫游就很残酷得意忘形地嘲笑我，笑得很露骨。"

高原补充说："关键是她打牌很奇葩！大牌不出，净出小牌，给人家送了很多分，最后老 A 还留在自己手里！"

我补充说："我还差不多每把都问什么是主。"拜托，姐当时是几年都没有打过牌的啊！

"寻梦桃花源"这么稳重的大姐都受不了，发出了爆竹般的脆笑："我要是漫游，我也嘲笑你！"

其实俺也有羞辱过漫游嘛。我说："雷锋叔叔早就教导过我们，对待谁谁（那样的好娃）就要像春天般的温暖，对待你这样冷酷无情的就要像秋风扫落叶般的残酷。"

呸呸。

小花

包饺子